일본 옛이야기 모음집

오토기조시

박연숙 송경희 이용미
최진희 김영찬 옮김

지식과교양

머리말

햇수로 두 해 반 이전의 일이다. 그러니까 역자가 강의를 하고 있는 대학교에서 일본고전을 전공한 선생님들이 2015년 1월부터 매주 금요일에 모여 고전읽기를 시작하였다. 작품은 독해하기 쉽고 흥미로운 작품부터 시작하여 차츰 강도를 높여가자는 취지였다. 그래서 대부분 옛이야기를 소재로 하여 14세기에서 17세기에 걸쳐 쓰인 단편집인 〈오토기조시(御伽草子)〉를 강독하였는데, 처음에 가벼운 마음으로 시작하였지만 남의 나라의 고전인 만큼 순조롭게 진도가 나아가지 않아 이태하고도 반년을 훌쩍 넘기게 되었다. 그간 읽어온 내용들을 틈틈이 기록하고 수정하는 사이에 어느덧 10편의 작품에 이르렀고 한 권의 책으로 출간할 만한 분량이 되었다. 가정과 강의를 겸하면서 엄동설한 삼복더위도 아랑곳하지 않고 끈기 있게 참석하여 한 문장 한 문장 낭독하며 뜻을 이해하고자 하는 선생님들의 모습은 공부에 대한 신념과 열정이 없이는 이루기 어려운 것이었다. 이러한 선생님들의 노고가 작으나마 결실을 맺고 독자들과 함께 나눌 수 있게 된 것은 참으로 보람찬 일이 아닐 수 없다. 생활의 편리함을 추구하며 급격하게 세밀화 된 기계로 대치되어가는 현 시점이야말로 인생의 회로애락을 재미있고도 진솔하게 그려놓은 고전을 통해 고인(古人)의 삶과 나의 삶의 의미를 되새겨 보는 여유를 공유하였으면 하는 바람이다.

본 책에 실은 작품은 오토기조시 읽을거리 단편들 중에서 비교적 구성도 탄탄하고 담고자하는 주제 또한 심각한 측면이 있어 흥미롭게 감상할 수 있는 것들이다. 귀족사회를 배경으로 한 남녀의 애정을 다룬 내용도 있고, 잦은 전란으로 한 치 앞도 예측하기 어려운 시대에 흥륭한 불교의 영향으로 출현한 승려들의 참회담도 있으며, 당시 사회문화사적으로 소상공인의 대두와 관련된 장사치의 부축적과 함께 영화로움을 그린 참신한 이야기도 있다. 또한 무엇보다 일반인과 다른 신체적 결함이나 경제적 빈곤, 계모 같은 악인으로 인해 나락한 처지 등을 극복하고 보란 듯이 출세하거나 귀인(貴人)과 결혼하여 부귀영화를 누리는 해피엔딩의 이야기도 있다. 반면, 영화롭던 젊은 시절과는 다르게 인생 말에 쓸쓸하게 죽어가는 기생이야기도 있으며, 지질이도 가난한 탓에 방귀뀌는 재주라도 배워서 한몫을 잡으려다가 설사를 흩뿌려 웃음을 사는 골계적인 이야기도 있다. 이 서민들의 이야기는 삶의 한 단면들을 핍진하게 재현해내고 있어 일본 저층사회의 인생관이나 생활철학, 그리고 그들 옛 선조들의 문화를 읽어낼 수 있는 소중한 작품들이다.

수록한 10편중에서 〈분쇼 장자〉, 〈한 치 동자〉, 〈우라시마 다로〉는 국내에서도 소개된 적이 있지만 고전원문에 충실하게 번역된 것이 적었다. 또한 본 책의 번역은 기존의 번역이 참조한 저본과 다르므로 서로 비교하면서 읽으면 새로운 재미를 느낄 수 있을 것이다. 3편 외의 작품은 한국어로는 처음으로 번역한 것이다. 그 가운데 〈방귀쟁이 후쿠토미 장자〉는 소재면에서 한국의 구전설화 〈방귀쟁이 며느리〉와 친밀하고, 〈대합 색시〉는 세계적으로 분포하는 〈우렁각시 설화〉와 동일한 계통의 이야기이다. 이외에도 한국의 옛이야기와 관련되는 이야기들이 있으며 또한 일본 고유의 이야기들도 들어있다. 이에 대해서는 본 책의 작품해설에서 언급을 해두었다. 이처럼 한국 등과 공유하는 보편성을 지니면서 나아가 일본 독자적인 소재와 내용으로 창작된 작품들을 한꺼번에 읽어볼 수 있다는 것이 이 책의 매력이라 할 수 있다.

번역함에 있어서는 저본의 원문에 충실하였는데, 다만 읽는 데 편의를 도모하기 위해 대화와 지문은 구별하였고 그때 반복되는 주어나 중복되는 표현 같은 것은 번잡함을 피해 적절히 생략하였다. 또한 원문 자체로 다소 이해하기 어려운 곳은 전후 맥락이 순조롭게 연결되도록 보충하여 내용이해를 도모한 부분도 있음을 밝혀둔다. 한 사람에 의한 번역물은 그 사람이 가지고 있는 언어 습관에 의해 제한된 표현에 머무를 수밖에 없는 위험성에 노출되어 있다. 하지만 본 번역서는 여러 차례 선생님들의 토의를 거침으로써 그러한 오류를 최대한 줄였다고 자부한다.

끝으로 이 책이 나오기까지는 계명대학교 일본어문학과 유옥희 교수님의 아낌없는 응원과 배려가 있었다. 교수님의 물심양면의 도움이 없었다면 결코 이 책은 결실을 보지 못했을 것이다. 또한 학과 세미나실 사용의 편의를 도모해 주신 동대학교 일본어문학과 교수님들께도 이 자리를 빌려 심심한 감사의 말씀을 전한다. 그리고 소중한 여름방학을 던져두고 폭염과 사투를 벌이며 삽화를 그려 책을 한층 더 빛나게 해 준 동대학교 Artech College 시각디자인과 전효영 양에게 고마움을 표한다. 또한 출판사정의 어려움에도 흔쾌히 책을 출간해주신 지식과 교양 출판사 사장님과 편집부 임원 여러분들께 깊이 감사를 드린다.

2017년 7월

옮긴이 씀

차 례

일러두기

1. 본 책에 수록된 작품 중 〈분쇼 장자〉, 〈한 치 동자〉, 〈바리때 쓴 처녀〉, 〈참외 색시〉, 〈대합 색시〉, 〈우라시마 다로〉, 〈기생 고마치〉, 〈사이키〉는 〈일본고전문학전집(日本古典文學全集 36, 小學館, 1974)〉에 실린 활자본을, 〈세 승려의 참회〉, 〈방귀쟁이 후쿠토미 장자〉는 〈일본고전문학대계(日本古典文學大系 38, 岩波書店, 1958)〉의 활자본을 저본으로 하고 뜻이 이해되지 않은 경우 등은 다른 이본들을 참조하였다.

2. 작품의 제목은 저본을 근거로 하면서 각 작품의 내용특징을 고려하여 자유롭게 붙였다. 저본의 원제목은 다음과 같다.

분쇼 장자 ·· 文正草子
한 치 동자 ··· 一寸法師
바리때 쓴 처녀 ··· 鉢かづき
참외 색시 ··· 瓜姫物語
대합 색시 ··· 蛤の草紙
우라시마 다로 ··· 浦島太郎
기생 고마치 ·· 小町草紙
사이키 ·· さいき
세 승려의 참회 ··· 三人法師
방귀쟁이 후쿠토미 장자 ····························· 福富長者物語

3. 번역문은 한글 전용을 원칙으로 하되, 필요한 경우는 한자를 괄호
   안에 넣었다.

4. 외래어 표기는 「한국 어문 규정법」(2017.03.28)에 따랐으나, 흔히
   쓰이는 것은 관용대로 표기하였다. 또한 관청과 관직명 한자는 되
   도록 우리 한자음으로 표기하되, 우리 한자음으로 어색한 말은 일
   본어 소리대로 표기하였다.

5. 번역에서는 다음과 같은 부호를 사용하였다.

   “　” …… 대화를 묶을 때
   ‘　’ …… 대화 가운데 따온 말이 들어갈 때나 마음속으로 한 말
   　　　　　을 적을 때, 강조할 때
   「　」 …… 부분적인 인용을 할 때
   〈　〉 …… 문학, 불교서적, 역사서 등 작품명을 나타낼 때
   …… …… 할 말을 줄였을 때
   (　) …… 저본에 없는 옛 노래 등을 보완했을 때

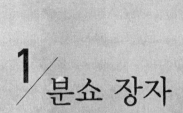

1/분쇼 장자

저 자신도 알기에 사랑은 쓰라리다며
저토록 사슴은 홀로 외로이 우나보네

분쇼 장자

　예로부터 오늘날에 이르기까지 경사스러운 일이 허다하게 전해오
는 가운데, 천한 신분으로 출세하여 한평생 근심걱정 없이 부귀영화
를 누려온 사람이 있었다. 그는 히타치 지방[1]의 자염(煮鹽)업자 분쇼
라는 자였다. 그 연유를 더듬어보면 이러했다.

　히타치 지방 열여섯 고을 안에 가시마 대명신[2]이라 하여 영험을 드
러내는 신사가 있었다. 이 신사의 신관(神官)으로 대궁사[3]라는 사람이
있었는데 대단한 부호였다. 동서남북 사방에 세워진 사만 개의 창고에
는 금, 은, 유리 같은 진귀한 보화가 그득하고 무엇 하나 부족함이 없이
골고루 갖추고 있었다. 소유한 집의 수만도 만 팔천 채나 되었다. 집안

---

1) 히타치 지방(常陸國). 지금의 이바라기현(茨城縣)이다.
2) 가시마 대명신(鹿島大明神). 가시마 신궁(神宮)에 안치되어 있는 다케미카즈치노
　카미(武甕槌神, 일본 신화에 나오는 무신武神)을 말하며, 신궁은 이바라기현 가시
　마군(茨城縣 鹿島郡)에 있다.
3) 대궁사(大宮司). 신직(神職) 중에서 제일 높은 직위를 일컫는다.

일을 돌보는 가신들은 이루 헤아릴 수가 없고 시중드는 여인들[4]과 안
채에서 일하는 여종은 팔백 예순 명에 이르렀다. 자식은 아들이 다섯
인데 하나같이 인물이 수려하고 학문과 재능이 남달리 뛰어났다.

　대궁사에게는 분다라는 종놈이 있었다. 오랫동안 그의 밑에서 일을
한 자였다. 천한 신분이었지만 마음이 정직하고 주인을 끔찍이 섬기며
늘 주인의 마음에 어긋나지 않도록 지극정성으로 받들었다. 그런데 대
궁사는 분다의 마음을 떠보려고 한 것인지 그에게 이렇게 명을 내렸다.

　"너는 지난 세월동안 내 밑에서 일을 했지만 내 마음에는 차지 않았
다. 어디든 네 갈 데로 가서 살도록 해라. 그리고 내 허락이 떨어지면
돌아와도 좋으니라."

　분다는 생각했다. 설령 일하는 사람이 천 명 만 명 있다손 치더라도
나만은 목숨이 붙어있는 한 섬기리라 여기며 모셔왔건만 이렇게 분부
를 내리시니 어쩔 도리가 없구나. 그러나 어디에 가 있다한들 나으리
를 몰라라 할 수 없으니 조만간 다시 돌아오도록 하자. 분다는 이렇게
마음을 먹고 길을 나섰다. 정처 없이 떠돌다가 소금 굽는 쓰노오카 해
변[5] 어느 소금 만드는 오두막집에 들어가서 간절히 부탁을 했다.

　"저는 떠도는 나그네인데 신세를 좀 지고 싶습니다만."

　집주인이 분다를 쳐다보고는 어디서 굴러온 뜨내기인지 몰라도 왠
지 불쌍하게 보여 머물도록 허락했다. 며칠이 지나 주인이 분다에게
말했다.

---

4) 저본에는 뇨보(女房)라고 표기하고 있는데 주로 귀족의 집에서 시중드는 직급이
　높은 여인들을 말하며 거주하거나 출퇴근하는 사람도 있었다.
5) 쓰노오카 해변. 이바라기현 가시마군 오노촌(大野村)에 있는 쓰노오레(角折) 해변
　으로 여겨진다. 쓰노오레에 남아있는 저택은 분다가 살았던 자취로, 그 지역 사람
　들은 해마다 가시마 신궁에 소금을 공양했다고 한다.

"그렇게 할 일 없이 빈둥거리지 말고 소금을 만들 땔감이라도 좀 해 오너라."

"네네, 분부대로 하겠습니다. 맡겨만 주십시오?"

분다는 본디부터 힘이 장사이어서 대여섯이 해 올 양보다 수북이 해왔다. 주인은 더 없는 일꾼이 들어왔다고 흐뭇해했다.

이렇게 세월을 보내는 중에 분다는 자신도 소금을 만들어 팔아봐야 겠다는 생각이 들어 주인에게 청을 넣었다.

"그동안 여기서 저는 열심히 일을 했습니다. 그 일 삯으로 소금가 마솥을 하나 주셨으면 합니다. 어디 의지할 데도 마땅치 않고 먹고 살 걱정도 되고 해서 장사라도 해볼까 합니다."

주인은 처음부터 분다를 불쌍하게 여긴지라 가마솥 두 개를 건넸 다. 그것으로 소금을 만들어 팔았는데 맛이 좋은데다 먹은 사람은 병 도 낫고 젊어지니 그가 만든 소금은 '분다 소금'이라 불렸다. 가마솥 에는 소금이 한없이 만들어져 다른 가마솥의 서른 갑절이나 될 만한 양이었다. 분다는 곧 부자가 되었다. 세월이 더 지나자 이제 그 누구 도 따를 수 없는 대부호가 되었고 쓰노오카 해변의 소금장수들은 너 나 할 것 없이 모두 그의 말을 따랐다. 이윽고 개명을 하여 분쇼 쓰네 오카[6]라고 하였다. 일흔다섯 정(町)[7]이나 되는 토지에 해자를 두르고 사방에는 창고 여든셋을 세웠으며 아흔 채나 되는 집을 지었다. 그 옛

---

6) 분쇼 쓰네오카(文正つねをか). 분쇼는 1466년~1467년에 사용한 연호에서 가져왔 고, 쓰네오카는 히타치(常陸)를 훈(訓)으로 바꿔 읽은 것이다. 이하 '분다'와 '분쇼' 는 동일 인물이므로 분쇼로 통일했다.

7) 일흔다섯 정(町). 정(町)은 땅 넓이를 나타내는 단위로서 1정은 약 3천 평이다. 따 라서 75정은 약 22만 평이다.

날 갑부로 소문난 수달장자[8]도 이 정도로 어마어마하지는 못했을 것이다.

히타치 지방 사람들은 이제는 아무도 넘볼 수 없는 인물임을 알고 '주인의 신분을 따지지 말고 일 삯을 따져라. 그를 따른들 무엇이 어떠랴!' 하며 모두 분쇼 밑에 들어가서 일을 했다. 집안에서 부리는 가신의 수만 삼백여 명에 달하고 머슴, 꼴머슴, 사내종은 헤아릴 수 없이 많았다. 재물은 그 어떤 제왕이라도 미칠 바가 못 되었다.

그러나 분쇼에게는 아들이고 딸이고 자식이 없었다. 어느 날 대궁사가 분쇼의 소문을 듣고 참으로 기이한 일로 생각되어 어디 한 번 물어봐야겠다고 마음먹고 불러들였다. 분쇼도 오랫동안 찾아뵙지 못하

---

8) 수달장자(須達長者). 석가모니와 같은 시대에 인도 사위국(四衛國)에 살던 대부호였다.

여 반가운 마음에 서둘러 가서 큰 마당에 정중히 무릎을 꿇고 앉았다.

대궁사가 그를 보고는 비록 신분은 천하지만 이제 훌륭하게 되었으니 그대로 마당에 둘 수 없어 위로 불러올렸다.

"자자, 이쪽으로 올라오게나."

분쇼는 넓은 툇마루로 올랐다.

"분쇼, 자네 사실인가? 자네가 엄청난 부를 쌓아 나라의 왕인들 나보다 더 낫겠냐고 하였다는데. 어찌 그와 같은 망극한 말을 내뱉는단 말인가?"

분쇼는 황송해 몸 둘 바를 모르며 말했다.

"저와 같이 천한 놈이 분에 넘치는 재물을 가지게 되니 그만 분별없이 말이 헛나와 버렸습니다. 감히 어느 안전이라고."

"얼마만큼 재물을 쌓았기에 그렇게 함부로 말을 하는가?"

"갖은 금은보화, 금수비단은 다 헤아리지 못하고 사방에 세워 둔 창고는 수를 아뢰려고 해도 모를 정도입니다."

대궁사가 듣고 다시 물었다.

"자네 참으로 복 받은 사람일세 그려. 그런데 뒤를 이을 자식은 있는가?"

"아직 없습니다."

"그건 참 불행한 일이네. 사람한테 자식만큼 귀한 보물은 없는데 말일세. 그러니 자네가 가진 재물을 신령님이나 부처님께 바치게나. 그리고 자식 하나라도 점지해 주시도록 빌어보게."

대궁사의 말을 듣고 보니 그도 그렇다는 생각이 들었다. 그래서 집에 돌아와서 당장이라도 부인을 내쫓을 기세로 다짜고짜 화를 냈다.

"어찌 이러시는지요?"

부인이 소리를 쳤다.

"대궁사께서 우리에게 자식 없는 것을 안타깝게 여기고 계셨소. 얼른 아이 하나 낳아 주시오."

"스물 서른에도 낳지 못한 아이를 어찌 마흔이 되어서 낳는단 말인지요? 그런 일이라면 전들 어쩔 도리가 없습니다."

부인의 말에도 일리가 있어 분쇼는 신령이나 부처에게 빌어보라는 대궁사의 말을 떠올렸다.

"그렇다면 신령님과 부처님께 참배하여 아이를 점지해 달라고 빌어 봅시다!"

부인도 과연 그게 좋겠다는 생각에 이레 동안 몸을 정갈히 하고 가시마 대명신에게 참배하여 금은보화를 바치고 서른세 번 절을 올리며 염원했다.

"바라옵건대, 자식 하나 점지해 주시옵소서."

그 이레 째 되는 날 밤, 분에 넘치게도 대웅전의 법당 문이 열리더니 대명신의 쩌렁쩌렁한 목소리가 들려왔다.

"네가 바라는 소원을 물리치기 어려워서 요 이레 동안 여기저기 두루 찾아보았지만 너희 자식이 될 만한 아이는 없었느니라. 그래도 이것을 주겠노라."

대명신은 연꽃 두 송이를 내리고는 흔적도 없이 사라졌다.

분쇼는 뛸 듯이 기뻤다.

"이곳 관동 여덟 고을[9]에서 제일로 뛰어난 사내아이를 낳아 주시

---

9) 당시 에도(江戸, 현재의 동경)를 중심으로 한 여덟 고을에 해당한다. 분쇼가 있는 히타치 지방을 비롯하여 사가미(相模, 가나가와현神奈川縣), 무사시(武藏, 동경도 東京都와 사이타마현埼玉縣), 아와(安房, 치바현千葉縣 남부), 가즈사(上總, 치바

오."

아홉 달 고생을 하고 열 달을 다 채워 출산을 하였는데, 태어난 아이는 부처의 삼십이상(三十二相)[10]을 갖춘 예쁜 딸이었다. 분쇼는 버럭 화를 내며 나무랐다.

"그리도 신신당부했건만 딸아이를 낳았단 말이오?"

"자식으로는 따님이어야 나중에 집안도 번창시킬 수 있으니 오히려 경사스러운 일이 아닐는지요."

옆에서 시중드는 사려 깊은 여인들이 아뢰었다.

"그렇다면 안채로 들여 키워보자!"

그리고는 아이를 애지중지하며 유모를 비롯해 몸종까지 기량이 좋은 인물들로 골라서 옆에 두었다. 그 다음 해가 되자 부인은 또다시 딸을 낳았는데, 아이는 주위가 훤할 정도로 빛이 났다.

"아들이냐? 딸이냐?"

"지난번과 같이 따님입니다."

시중드는 여인이 아뢰자, 분쇼는 화가 치밀어 올랐다.

"지난번에 당부를 어긴 것은 그렇다고 치더라도 어찌 이리도 사람 소원을 저버릴 수가 있단 말이오. 그 아이를 데리고 썩 나가시오."

분쇼는 부인을 호되게 꾸짖었다. 그 자리에 있던 여인들이 아뢰었다.

"도련님이 태어나셨다면 대궁사 밑에서나 일하실 테지만, 애기씨께서 어여쁘게 잘 자라신다면 온 나라의 영주들이 서로 사위가 되고자 할 것입니다. 대궁사의 자제분인들 사위가 되려 하지 않겠습니까?

___

현千葉縣 중부), 시모우사(下總, 이바라키현茨城縣), 고즈케(上野, 군마현群馬縣), 시모쓰케(下野, 도치기현栃木縣)이다.
10) 부처가 갖추고 있는 32상(相)으로 아름다운 여성을 나타낼 때도 사용된다.

그리 화내실 일은 아니라 봅니다."

그러자 분쇄는 그 말도 옳다는 생각이 들었다.

"그렇다면 얼른 안채로 들이거라."

둘째아이를 보니 언니에 비해 더욱 사랑스러웠다. 이 아이에게도 유모와 몸종을 기량 좋은 인물로 골라 돌보게 했다. 두 딸의 이름은 꿈속에서 연꽃을 받은 데 연유하여 언니는 연화, 동생은 연꽃이라 짓고 신주단지 모시듯 소중하게 키웠다.

어느덧 세월이 흘러 두 딸은 눈부실 만큼 아름다운 처녀로 성장하였다. 총명하여 읽고 쓰기는 말할 것도 없고 시가(詩歌)나 글 솜씨 또한 견줄만한 이가 없었다. 두 딸이 이렇게 잘 크니 그 소문을 들은 관동 여덟 고을 영주들이 앞 다투어 구혼의 편지를 끊임없이 보내왔다. 그런데 딸들의 생각은 달랐다.

'우리들은 왜 이런 동쪽 변방에서 태어났는지 참. 교토 근처에서 태어났더라면 뇨고[11]나 황후의 지위도 바랄 수 있을 텐데 말이야. 그럼 태어난 보람도 있을 거고. 세상의 일이 우리 뜻대로 되지 않는구나.'

분쇄는 관동의 영주들이 잇달아 구혼을 해오자 명예롭게 생각하고 그러한 이야기를 딸들에게 전했지만, 딸들은 좀처럼 들으려 하지도 않고 하루하루를 보냈다. 부모도 행여 자식의 마음이 상할까 조심하였다. 두 딸은 내생의 일까지 깊이 생각하여 항상 절에 불공을 드리러 다니는데, 영주들이 참배길에서 아이들을 훔치려 한다는 소문이 들려 분쇄가 집 안 서쪽[12]에 불당을 세워 아미타 삼존불을 안치하고는 마

---

11) 뇨고(女御). 내명부의 서열은 왕후나 중궁이 가장 높고 다음으로 뇨고, 고이(更衣) 순이다.

12) 서쪽은 아미타여래(阿弥陀如來)가 있는 극락정토이다. 그래서 집안 서쪽 방향에

음 편히 참배할 수 있도록 했다. 이처럼 주의를 기울였기에 아무런 불상사도 일어나지 않았다.

대궁사가 두 딸에 관한 이야기를 전해 듣고 분쇼를 불러들였다.

"자네 정말인가? 아주 예쁜 딸들이 있다고 들었네만 영주들에게 시집보내서는 아니 되네. 우리 아이한테 보내게."

대궁사의 말에 분쇼는 기쁨을 감추지 못하고 곧장 집으로 돌아와 법석을 떨었다.

"얼씨구, 좋구나 좋아. 대궁사의 자제를 사위로 얻게 되는구나. 자, 모두들 딸 방으로 건너가 보자."

이 말과 함께 곧장 아이들의 처소로 건너갔다.

"경사로다. 대궁사께서 너희를 며느리로 삼겠다고 하시는구나!"

두 딸이 서운한 표정을 지으며 눈물을 보이니, 분쇼는 참으로 어이가 없었다.

"어쩌면 뇨고나 황후도 될 수 있을 거고 아니면 지체 높은 귀공자님들과 맺어질 수도 있을 터인데. 그렇게 못 될 바에는 차라리 비구니가 되어 내생의 극락왕생을 비는 게 낫겠어요."

분쇼는 딸의 얼굴을 쳐다보지도 못한 채 대궁사에게 가서 딸들의 이러한 생각을 알렸다. 그러자 대궁사가 버럭 화를 냈다.

"너희들 신분으로 내 말을 거역하다니 당치않구나. 서둘러 내게 보내지 않으면 내 너를 당장 벌할 테다!"

그래서 다시 집으로 돌아와서 여차한 사실을 알리자, 두 딸은 탄식하며 말했다.

불당을 세웠다.

"남녀 간의 일이란 귀천으로 왈가왈부할 것이 못 됩니다. 해서 이렇게 강요하시면 저희들은 비구니가 되어 속세를 떠나든지 아니면 강에 몸을 던져버리겠습니다."

분쇼는 눈물을 흘리며 마지못해 또 다시 대궁사에게로 와서 딸들의 말을 전했다. 그때서야 대궁사도 단념하며 말했다.

"그 정도로 뜻이 확고하다면 어쩔 수 없지."

그 후, 이 히타치 지방에 위부[13] 관청의 구로도[14] 미치시게라는 사람이 국사(國司)로 내려왔다. 이 사람은 여색을 밝혀 아무리 산골 미천한 출신의 여자이더라도 그 자태가 빼어나기만 하면 상관없이 물색하고 다녔다. 관동의 영주들이 너도 나도 딸들을 내보이지만 탐탁지 않아 그저 날만 보내고 있었다.

하루는 어떤 사람이 국사에게 아뢰었다.

"가시마의 대궁사 밑에 분쇼라는 종이 있는데 그 여식의 미모가 빼어나다고 합니다. 관동의 영주들이 하나같이 구혼을 했지만 받아들이지 않았습니다. 마치 선녀가 내려왔는가 싶을 정도로 아름다운데 그것도 둘이라 합니다. 그 상전인 대궁사에게 말씀하셔서 그의 딸을 불러들이시지요."

이 말에 국사는 크게 기뻐하며 대궁사를 불러들였다.

"그 말이 정말이오? 그대가 부리는 종놈 분쇼한테 미모가 출중한

---

13) 위부(衛府). 궁중 경비를 맡았던 여섯 관청의 총칭이다. 여섯 관청은 궁중과 왕의 호위를 맡은 좌·우근위부(左右近衛府), 왕과 그 가족을 호위하는 좌·우병위부(左右兵衛府), 대궐의 여러 문을 경비하는 좌·우위문부(左右衛門府)로 구성된다.

14) 구로도(藏人). 위부에 근무하는 왕의 사적인 일을 처리하거나 궁중의 물자조달, 경비 등을 맡은 벼슬이다.

딸이 있다고 들었소만. 그대가 잘 말하여 내게 보내도록 하시오. 그럼 사례로 내 국사자리를 양보하리다."

"무슨 말씀인지는 알겠습니다만. 그런데 그 자식들은 누구의 말을 들으려 하지 않으며 부모의 말도 따르지 않습니다. 그렇긴 하나 나으리의 뜻을 전해보겠습니다."

대궁사가 대답하고 물러났다. 그리고 분쇼를 불러들였다.

"경사스럽게도 자네 여식을 국사께서 달라고 하시네. 그렇게 하면 국사자리를 나한테 주고 자네는 국사대리로 삼겠다고 하셨네. 이보다 더한 명예는 없을 것일세."

분쇼는 기뻐하며 대답했다.

"잘 알겠습니다. 그런데 아비말도 잘 듣지 않는데 어떻게 해야 할지……"

그는 집으로 돌아와 문에 들어서기가 무섭게 큰 소리로 외쳤다.

"얼씨구, 좋구나. 역시 딸은 있어야겠네. 이제 내가 국사의 장인이 되는구나. 자 어서 애들한테 가보자."

그리고는 두 딸 방으로 건너갔다.

"이 얼마나 잘 된 일이냐."

분쇼가 일의 정황을 소상히 말하자, 딸들은 들으려고도 하지 않고 마냥 울고만 있었다. 분쇼도 그 아내도 말했다.

"이조차도 싫다하니 어처구니가 없구나. 이 혼사가 성사되지 않는다면 애비 체면이 뭐가 되겠느냐?"

부모가 이렇게 저렇게 타일러도 대답조차 않다가 거듭 설득을 하니 그제야 말문을 열었다.

"대궁사 자제분도 마다했으니 필시 대궁사 나으리 심중이 많이 언짢으실 테죠. 그만 강에 몸을 던져야……"

분쇼는 이렇게 된 바에는 도리가 없다고 생각하여 대궁사를 찾아가 여차한 사정을 고하자, 대궁사는 다시 국사에게 자초지종을 아뢰었다. 국사가 이야기를 쭉 듣고서는,

"여태까지 그들을 만나보리라는 생각에 별 볼일 없는 시골벽촌에서도 참고 견디었는데 이제는 다 소용이 없구나."

그러고는 그길로 교토로 돌아갔다.

날이 지나 교토에 당도한 국사는 곧바로 관백[15]의 관저로 갔다. 마침 그때 각 지방에 대한 이야기꽃을 피우고 있었는데 국사가 마음에 걸렸던 이야기를 꺼내었다.

"아무리 그래도 히타치 만큼 유별난 자들이 사는 지방은 없을 것이오."

마침 그 자리에 있던 관백의 아들 이품 중장[16]이 이 말을 듣고 물었다.

"무슨 얘기인데 그러시오?"

"가시마 대궁사 밑에서 일하는 분쇼라는 종놈이 있는데 그 자는 전생에 무슨 복을 지었는지 집에는 온갖 금은보화가 넘쳐나고 세상의 호사는 다 누리고 있었습니다. 그뿐 아니라 가시마 대명신의 가호로 얻은 딸이 둘이나 되는데 둘 다 귀품이 있고 나긋나긋한데다 눈부실 정도로 아름다우며, 성품이나 예능 또한 인간의 능력으로는 얻을 수 없는 딸들이라고 합니다. 그래서 소문을 들은 저 미치시게도 이래저

15) 관백(關白). 왕을 내세워 실권을 쥐고 나라를 통치하던 최고 권력자를 말한다.
16) 중장(中將). 근위부 차관에 해당하는 벼슬로 품계는 일반적으로 4품이지만 2품이나 3품일 때도 있다. 섭정집안의 자제들이 임명되고 섭정까지 오르는 데 거쳐 가는 자리이다. 따라서 이야기문학에서 중장은 주요 등장인물이 된다.

래 말을 넣어 보았지만 일절 받아줄 기색이 없었습니다. 그 상전인 대
궁사를 비롯하여 여러 영주들이 앞 다투어 청혼을 했지만 부모 말을
도무지 들으려고도 따르려고도 하지 않았습니다."

중장은 구로도의 말을 찬찬히 듣고 있다가 그만 한 번도 본 적 없는
분쇼의 두 딸들에게 연정을 품고 마침내 병을 얻고 말았다. 그 무렵
내로라하는 공경(公卿)[17]이나 당상관들이 저마다 여식들을 중장의
신붓감으로 들이려고 하였으나 중장은 일절 귀담아 들으려하지도 않
고 몸져누워 있었다. 관백도 부부인도 그저 아들 걱정으로 온갖 기도
를 다 올렸다.

차츰 날이 지나 가을도 중반 즈음 접어들어 밝은 달이 휘영청 떠오
르자, 그 달빛에 이끌려 중장이 밖으로 나왔다. 밖에서는 그를 위로하
고자 피리와 거문고를 비롯하여 갖은 음악소리가 울려 퍼졌다. 중장
이 달을 바라보며 읊었다.

　　달을 보아도 마냥 애닯고 슬프거늘
　　마음 달래려 찾아갈 임이 어이 없으리

이같이 읊고 팔을 얼굴에 대어 눈물을 글썽이다 도로 침소로 돌아
와 누웠다. 이를 걱정스레 지켜보던 효에노스케[18]가 요즘 들어 중장
의 심기가 전만 못한 것 같아 무슨 일인가 마음이 쓰였는데 여태 남몰
래 사랑앓이를 하고 계셨구나하는 생각에 시키부노타유[19]와 도우마

---

17) 공경(公卿). 3품 이상 및 4품 참의(參議)를 이른다.
18) 효에노스케(兵衛佐). 병위부에 속하는 관직으로 품계는 6품이다.
19) 시키부노타유(式部大夫). 식부성(式部省)에 속하는 관직으로 품계는 5품이다. 식

노스케[20]를 데리고 셋이서 중장을 찾아가 아뢰었다.

"이토록 끙끙 앓으면서 말씀을 안 하시다니, 먼 중국 땅인들 어떻겠습니까. 찾아가 보시지요. 뭐 그리 힘들겠습니까?"

중장은 속내가 겉으로 드러났다 싶어 부끄러웠다.

"나도 끙끙 앓아봤자 부질없는 것 같아 조심하고 있었네만 이제 와서 무엇을 숨기겠는가. 지난봄에 위부의 구로도가 들려주었다네. 대궁사 종놈의 딸들 미모가 출중하다고. 내 그 이야기를 들은 뒤 내내 연모하고 있다네. 아랫것을 보내 불러올리고 싶지만 세상의 이목도 있고 해서 그저 마음을 졸이며 있을 뿐이라네."

중장은 말끝에 목이 메었다.

"자고로 가슴앓이란 다 그러한 것입니다. 히타치 지방으로 뫼시겠으니 어서 내려가시지요."

효에노스케의 말에 중장은 무척 기뻐했다. 그런데 말은 이렇게 해도 어떻게 내려가야 할지를 몰랐다. 교토 땅에서도 용모가 수려한데 저 동쪽 벽지에서라면 더더욱 신분을 숨길 수 없을 터. 고심하던 끝에 행상인 행세를 해서 내려가기로 했다. 여러 가지 방물을 들고 간다면 탄로 날 일도 없을 테고하여 짐짝에 온갖 것을 넣어 저마다 짊어지고 곧장 떠나려 했다.

중장은 먼 길을 가는데 부모님은 뵙고 떠나야겠다는 생각에 부모님의 거처로 갔다. 그렇지 않아도 요즘 무슨 고민이 있는지 통 밖에

부성은 조정의 의식이나 문관의 고과(考課)등을 담당하는 관리양성의 최고 교육기관이었다.

20) 도우마노스케(藤右馬助). 우마료(右馬寮)에 속하는 관직으로 품계는 6품이다. 우마료는 군마(軍馬)를 조련, 사육하던 관청이었다.

도 나오지 않던 아들이 이렇게 와 주니 부모님은 몹시 기뻤다. 먼 길을 떠나려는 것도 모르고 계시다가 나중에 이 사실을 알게 되면 얼마나 한탄하실지 중장은 생각할수록 눈물이 앞을 가렸다. 부모님도 함께 눈물을 훔쳤다.

중장은 마음을 다잡고 집을 나서려니 슬픔이 북받쳐 올라 입은 옷을 벗어 노시[21] 소맷자락에 이렇게 적어 두었다.

> 아즈마로 길 떠나는 징표로 벗어놓으니
> 속세를 떠나려나 생각마오, 어머니!

그리고는 여태껏 한 번도 신어 본 적이 없는 짚신을 신고 히타타레[22]를 입어 신분을 감추었다. 동행하는 사람들도 저마다 초라한 옷차림을 하여 내려갔다. 이때 중장의 나이가 열여덟이고 시키부노타유는 스물다섯이었다. 젊은 당상관들로 용모가 수려하여 아무리 천한 차림을 해도 그 신분은 속일 수가 없었다.

시월 열흘 남짓 되었을 무렵 교토를 떠나 히타치 지방으로 내려갔다. 내려가면서 허전함을 달래려 노래를 읊고 마음을 비우니 초목 하나하나가 눈에 들어왔다. 먼 산을 바라다보니 노래가 절로 나왔다.

> 저 자신도 알기에 사랑은 쓰라리다며
> 저토록 사슴은 홀로 외로이 우나보네

---

21) 노시(直衣). 귀족의 평상복이다.
22) 히타타레(直垂). 옛날 예복의 일종이다. 소매 끝을 묶는 끈이 달려 있고 문장(紋章)이 없으며 옷자락은 바지 하카마 속에 넣어서 입었다. 옛날에는 평민들이 입었으나 후에 무가(武家)의 예복으로 사용되고 상류층 귀족들도 입었다.

새벽녘 구름 한 점 없이 맑게 갠 하늘이 부러워서 또 이렇게 읊었다.

　부러워라, 구름 한 점 없이 휘영청 밝은 달빛
　내게는 어이 뿌연 가을하늘 같은지

시키부노타유가 이어 받았다.

　임 만날 그날까지 흐려있을 달빛은
　마침내 하늘에 빛 영롱하리라

　이렇게 앞으로 좋은 일만 있을 것이라고 서로 이야기를 주고받으며
내려갔다. 도중에 미카와 지방 야쓰하시[23]를 지나게 되자, 옛사람이
「오래 입어 편안해진 당의(唐衣) 같이(임을 두고 떠나온 나그네 길
쓸쓸하여라)」라고 읊으며 여정의 외로움을 달래던 그 심정을 오늘에
야 알게 되니 이래저래 마음이 복잡하였다.
　어느 산중에 들어서자 일흔이나 여든 되어 보이는 한 노인이 중장
일행에게 물었다.
　"그대들은 어디서 오는 뉘신지요?"
　"저희 일행은 교토에서 물건 팔러 내려오는 장사치인데 히타치 지
방으로 가는 길입니다."
　"상인들이라고요? 그렇게는 보이지 않습니다만. 지금 이 세상을 호

---

23) 미카와 지방 야쓰하시(三河國 八橋). 미카와 지방은 아이치현(愛知縣)이며, 야쓰
하시는 치류시(知立市)에 있다. 야쓰하시는 〈이세 이야기(伊勢物語)〉의 주인공
인 아리와라노 나리히라(在原業平, 825~880)가 미카와 지방 야쓰하시를 지나다
가 여정의 외로움을 읊은 노래로 유명한 곳이다.

령하는 관백의 자제분이신 이품 중장 나으리가 아니십니까? 그리운 사람을 찾아 길을 나셨습니까? 이 해가 저물기 전에 필시 마음에 두고 있는 분을 만나실 겁니다. 이 노인이 볼 줄 알지요."

중장 일행은 노인이 하는 말에 놀라 왠지 무서운 마음이 들면서도 연모하는 사람을 만날 수 있다는 기쁨에 고소데[24] 한 벌을 꺼내어 노인에게 주었다.

"저는 앞날을 훤히 내다볼 줄 안답니다."

이 말을 남기고 노인은 순식간에 사라졌다. 중장 일행은 노인의 말이 믿음직스러워 다리가 아픈 것도 잊은 채 서둘러 내려갔다.

교토 관백 관저에서는 중장이 없어졌다고 한바탕 소동이 벌어졌다. 부부인의 걱정은 이만저만이 아니고 온 교토가 발칵 뒤집혔다. 중장이 언제부터인지 마음을 닫고 침울해 있었기에 뭔가 원망스러운 일이라도 있었는가 하여 거처한 곳을 살피자 벗어둔 히타타레[25]의 소매에 노래가 적혀있었다. 그것을 본 후에야 안도의 한숨을 내쉬었다.

이윽고 중장 일행은 히타치에 도착하였다. 우선 가시마 대명신에 참배하여 밤새도록 기도를 올렸다.

"바라옵건대 분쇼의 따님을 만나게 해주소서."

꼬박 밤을 지새우며 기원을 하고 날이 밝아 신사를 나섰다. 일행은 마을로 와서 어떤 집에 들러 물으니 그 집 주인이 길을 안내하며 가르쳐주었다. 분쇼의 집은 토담이 이십 리 남짓은 되어 보였다. 이런 시골에도 저토록 훌륭한 집이 다 있다니 하고 감탄하며 발길을 멈추고

---

24) 고소데(小袖). 속에 입는 기모노로 나중에는 겉옷으로 입게 되었다.
25) 앞에서는 노시에 노래를 적었다고 했다.

머뭇거리고 있는데 여종이 나와서 물었다.

"어디에서 오신 분들인지요?"

"교토에서 물건을 팔러 내려온 사람들이오."

"그런 일이라면 이쪽에서도 좋아하실 것입니다. 말씀드려 보지요."

일행은 기뻐하며 여종을 따라 들어갔다.

팔 물건을 말씀드리자면, 주인 나으리께는 관모와 관복, 자색 바지 사시누키,[26] 홀, 부채 등 여러 가지가 있습니다. 여인네들이 입을 옷도 여러가지 가져왔습니다.

봄에는 요시노[27]에 핀 꽃, 하쓰세[28]에 핀 꽃, 온갖 것을 넣어 짠 홍매, 매화, 벚꽃 등의 빛깔이 있습니다. 춘풍에 버들가지 휘날리고 사모하는 마음 깊어지는데, 인연은 알 수 없지만 소문으로만 듣던 국수(菊水)[29]에 쓰쿠시 배[30] 저어가듯, 애태우며 피어난 황매화 빛깔에 이끌려 들뜬 마음으로 길을 나서 목숨 연명하며 머언 인연 맺을 날은 언제일는지. 자 구경하십시오.

여름은 보기에도 시원한 집 안 연못의 누각에 오리와 원앙새를 수놓고 창포꽃 빛깔의 청홍으로 안팎을 배합한 당의에 사랑 노래 백 수를 새겨 넣고, 병꽃 같은 푸른빛 흰빛 도는 속옷 차림으로 보름날 밤

---

26) 사시누키(指貫). 귀족 남자들이 입던 폭이 넓은 바지로 발목에는 대님을 맨다.

27) 요시노(吉野). 나라현 요시노군 요시노초(奈良縣 吉野郡 吉野町) 지역이다.

28) 하쓰세(初瀨). 나라현 사쿠라이시(櫻井市)이다.

29) 국수(菊水). 중국의 남양(南陽)에 있는 강으로 국화에 맺힌 이슬이 떨어져 이 강물을 마시는 사람은 장수한다고 전해진다.

30) 쓰쿠시 배(筑紫船). 규슈를 왕래하는 배이다.

그리운 임을 몰래 만난다는 미치노쿠 시노부[31] 마을을 멀리서 찾아왔
건만. 아아, 그 누가 알아주려나, 거미손마냥 이 생각 저 생각으로 어
질어진 심정을. 그러한 마음도 담은 물건은 자, 어떻습니까?

가을은 단풍 빛깔이 짙어질수록 생각만 더해가다가 만난 아이소메
가와강[32]은 이름뿐이어서 소매는 눈물에 젖어 구릿빛이고, 그 구릿빛
에 이끌려 연심에 헤매는 노변의 풀에서 떨어지는 이슬에 흰 국화 빛
바랜 색도, 자 보십시오.

겨울은 쌓인 눈 아래에서도 초목이 뿌리를 뻗어가듯 내 마음은 다
타들어 가는데 임을 만날 수나 있을지. 후지산에 피어오르는 연기가
하늘로 사라지듯 나의 마음 갈피를 못 잡겠구나. 바람에 소식이라도
전해주련만 속 태우는 괴로움도 알리고 싶다며 색색들이 짠 이 옷들
도 마음에 들지 않습니까?

하카마는 흰색도 있고 붉은 색도 있습니다. 띠와 방 칸막이, 휘장 등
도 구경하십시오. 일상 용구도 갖가지 있습니다. 자질구레한 것을 넣
는 작은 통, 벼루, 끼워 쓸 수 있는 만능 통도 있습니다. 게다가 미노[33]
산(産) 유병도 있고, 도요노아카리[34] 연희용 빗, 회지(懷紙), 홍색 자색
엷은 안피지도 있으며, 묵, 붓, 침향, 사향, 여러 향료를 섞어 만든 향도

---

31) 시노부(信夫). 후쿠시마현 후쿠시마시(福島縣 福島市)에 있다.
32) 아이소메가와강(藍染川). 후쿠오카현 쓰쿠시군 다자이후마치(福岡縣 筑紫郡 太
宰府町)에 있다. 일본 신화에 나오는 천손 니니기노미코토(邇邇芸命)가 산신(山
神) 오야마쓰미(大山祇神)의 딸인 고노하나노사쿠야히메(木花之佐久夜毗賣)를
처음 만난 장소이다.
33) 미노(美濃). 현재의 기후현(岐阜縣) 남쪽이다.
34) 도요노아카리(豊の明). 음력 11월 23일에 군주가 햇곡식을 천지(天地)의 신에게
바치고 추수를 감사드리는 신상제(新嘗祭) 다음날에 군주가 햇곡식을 먹고 신하
들에게 하사하는 궁중행사이다.

있습니다. 좋은 베개로는 유달리 부드러운 꽃베개, 사초(莎草)베개, 당침(唐枕), 연심을 불태우는 외로운 베개, 침향이 스며든 베개도 있으며 첫날밤을 보내는 원앙금침도 있습니다. 거울로는 뒷면에 백금을 입힌 새가 마주보는 당경(唐鏡)도 있고, 검은 방울새, 작은 새, 휘파람새, 직박구리 온갖 것을 새겨 넣은 거울도 있으니, 보십시오.

일행들은 유려하게 말을 늘어놓으며 진기한 물건에도 연심을 담아 행여 누가 알아차리는 사람이라도 있을까하여 재미나게 물건을 팔았다. 집안에는 사람들이 많았지만 모두가 시골출신인지라 일행의 말을 들어도 도무지 알 수가 없었다. 그런데 시중드는 여인들 중에는 교토 출신이 있었는데 속도 깊고 읽고 쓰기며 시가에도 정통한데다 미모도 빼어나 두 딸을 돌보도록 하고 있었다. 그 여인이 상인들을 유심히 바라보고는 모습이나 거동이 그저 평범하지 않고 물건 파는 말 또한 품위가 있어 의아해하였다. 혹여 젊은 당상관들이 아씨들의 풍문을 듣고 동경하여 여기까지 내려온 것은 아닌가 하고 의심을 품었다.

"이제까지 이렇게 흥겹게 물건을 파는 사람들을 만나본 적이 없습니다. 한번 들어보시지요."

교토 출신인 여인이 아뢰자, 분쇼는 손님을 맞이하는 방으로 건너와 문을 열고 내다보았다. 밖은 무척 흥겨웠다.

"도대체 댁들은 어디 분들이기에 이렇게도 신명나게 물건을 판다는 말이요. 어디 한 번 더 물건 팔 때 소리를 풀어나 보시오."

그러자 일행들은 서로를 쳐다보고는 이 사람이 말로만 듣던 그 분쇼일 것으로 짐작하고 다시 입담 좋게 늘어놓았다. 분쇼는 흥에 겨워 재차 삼차 소리를 부탁하며 어떻게든 이 사람들을 여기에 머물게 하려고 물어 보았다.

"이보시오, 숙소는 어디로 잡았는지요?"

"숙소는 잡지 않고 이리로 곧장 찾아왔습니다."

분쇼는 잘 되었다는 생각이 들어 그들을 손님방으로 들게 했다. 아랫것들이 발 씻는 물을 내어주자, 도우마노스케는 중장의 발을 깨끗이 씻기고 효에노스케는 씻은 발을 명주 수건으로 닦아 주었다. 중장은 몸이 수척했지만 그래도 다른 사람들에 비해 고귀하게 보였다.

"짐짝을 짊어진 사내가 귀한 칠기대야에 발을 넣으니 한 사람은 씻기고, 또 한 사람은 고운 명주 수건으로 닦아주다니. 아이고, 아까워라."

그 자리에 있던 사람들이 웃어댔다.

"교토 상인들에게 부끄럽지 않도록 푸짐하게 대접해 드리도록 해라."

분쇼가 이렇게 말을 하니 그에 따라 팔첩 반상을 앞앞이 차려주었는데, 따라온 일행들은 모두 밥상에서 음식을 내렸다.

"교토 사람들은 참 이상도 하구나. 저기 여윈 남자를 먼저 먹게 하고는 자신들은 넙죽 엎드려 있다니. 먹는 방식도 참 어설프네. 모처럼 차린 것을 모두 밑으로 내려서 먹으니 말이야."

사람들이 또 웃어댔다.

분쇼는 손님 맞는 방으로 다시 건너와서 술을 대접하고자 안주를 이것저것 차려내고는 상좌에 턱 앉아 술잔을 들어 말했다.

"집안에서는 주인이 상전이라는 말도 있으니 우선 내가 한잔 하겠소."

그는 연거푸 세 잔을 들이키더니[35] 중장에게 잔을 권했다. 중장은 어쩔 수 없이 받아들었는데 옆에 있던 일행은 눈앞이 아득해지는 기분이었다. 사랑만큼 매정한 것도 없구나. 관백 전하 아니고 그 누가 중장 나으리에 앞서 잔을 들 수 있단 말인가. 눈물이 날 지경이었다. 중장도 어처구니가 없었으나 하는 수 없이 마셨다. 그런데 분쇼가 얼근해지자 말했다.

"나 비록 천한 신분이지만 이 쓰네오카한테는 가시마 대명신께서 점지해 주신 예쁜 여식이 둘이나 됩니다. 우리 아이들을 신주 받들 듯하고 있지요. 관동 여덟 고을의 영주들이 앞 다투어 청혼을 했지만 아이들은 전혀 받아들이지 않고 우리 나으리이신 대궁사의 며느리가 되라고 해도 따르질 않아요. 또 국사로 내려오신 교토의 나으리께서도 이런저런 말씀을 하셨지만 열심히 불공만 드리고 있답니다. 딸 밑에 인물 좋은 여인이 많으니 미색을 원한다면 열 아니 스물이라도 대령해 드리죠. 그러니 잠시 우리 집에서 머물며 놀다 가시지요."

---

35) 손님에게 술을 대접할 때는 석 잔을 마시게 한 다음 그 술상을 물린다.

이 말이 중장을 비롯한 일행에게는 이상하게 들렸다.

그런 후, 중장이 예쁜 물건들을 상자 안에 넣어서 큰딸에게 보내왔다. 두 딸은 여태껏 많은 것들을 보아왔지만 이처럼 진귀한 물건은 처음이라 신기해하며 보고 있는데, 벼루 바로 밑에 단풍빛깔의 얇은 종이가 눈에 들어왔다.

> 그대 생각에 길 떠나 헤매는 풀잎마냥
> 짙어가는 사랑을 어이 전하리

큰딸은 이 노래를 보자마자 금방 얼굴이 붉어졌다. 종이를 조심스레 꺼내보니 붓의 놀림이며 먹의 농담이며 여태 본 적이 없는 것이었다. 그간에 많은 편지를 받아보았지만 이렇게 아름다운 것은 난생처음이었다. 물건 파는 말투며 이리저리 가만히 생각해 봐도 또 청혼을 하는 모양새인지라 큰딸은 편지를 돌려보내려 했다. 그러자 옆에 있던 여인들이 만류했다.

"이렇게 애정이 가득 담긴 것을 돌려보내신다면 남녀 간의 정도 모른다고 여길 겁니다. 그냥 넣어 두시지요."

큰딸도 과연 그렇다고 생각되어 넣어두었다. 작은 딸이 언니에게 보내온 것들을 보고 부러워하니 분쇼가 중장에게 부탁을 했다.

"저한테는 여식이 둘 있습니다. 작은아이가 제 언니 받은 것을 보고 시샘하고 있으니 그 아이한테도 좀 주시지요."

일행들은 미리 준비해둔 것이 있었기에 언니에게 보낸 것 못지않은 좋은 물건들로 보내주었다.

분쇼가 중장 일행에게 말했다.

"이보시게들. 심심하면 서쪽 편에 불당이 있으니 그리로 가서 기분 전환이라도 하시오."

일행들은 곧장 불당으로 건너가서 보니 참으로 경건하였다. 여기저기 구경하던 중에 비파와 거문고 등이 놓여 있는 것을 보고 신기해하며 비파를 끌어 당겨 퉁겼다. 효에노스케는 거문고를 켜고 도우마노스케는 생황을 불고 시키부노타유는 피리를 연주하였는데 모두 감격하여 눈가에 눈물이 맺혔다.

분쇼 집안사람들이 불당 쪽에서 소리 나는 것을 듣고 걱정스러운 듯이 말했다.

"잘 알지도 못하는 사람들을 보내 불당 담장을 다 부수는 게 아닙니까? 삐걱거리는 소리가 나잖아요."

이 말에 분쇼는 그쪽으로 사람을 보냈다.

"가서 알아보고 오너라."

처음에는 열 사람 남짓 보냈다. 그런데 그 사람들이 좀처럼 돌아오지 않아 다시 스물 정도를 보내 보았지만 그들 또한 돌아오지 않았다. 계속해서 이 사람 저 사람을 보내 보았지만 모두 돌아오지 않았다. 의아하게 생각한 분쇼가 서둘러 가 보니 흰 모래가 깔린 불당 앞뜰에 이삼백 명 정도가 줄지어 앉아 있었다. 가까이 다가가자 연주소리는 놀라우리만큼 격조가 높았고 믿기 어려울 정도로 흥겹고 장엄하였다.

"이토록 흥겹고 훌륭한 음악소리를 이제야 듣다니요. 너무 감격스러워 있던 죄도 없어질 것 같구려. 내 고마워서 성의를 표하고 싶소만."

분쇼가 여러 가지 답례품을 건네자 일행은 웃으며 나지막이 말했다.

"사위가 장인에게 미리 예물을 받는 것이네요."

큰딸은 조금 전 벼루 밑에 있던 편지가 마음에 걸렸지만 뭐라고 심경에 있는 말을 전해줄 사람도 없었다. 게다가 아무 해에 내려온 국사에 비하면 신분도 못할 터인데. 큰딸은 이런 저런 생각으로 마음이 괴로웠다.

분쇼는 일행들에게 사람을 보내 부탁했다.

"이번에는 우리 아이들에게도 들려주고 싶으니 한 번 더 흥겹게 켜주시오."

중장은 기쁨을 감추지 못하며 일행과 함께 옷차림을 가다듬고 불당 안으로 자리를 옮겼다. 두 딸도 매무새를 단정히 하고 시중드는 여인들과 아랫것들까지도 정성들여 몸단장을 시켜 들어갔다. 불당은 외진 시골이라는 생각이 들지 않을 정도로 운치가 있었다. 침향과 사향 내음이 그윽하여 흥취를 더하기에 중장은 여느 때보다 마음을 가라앉혀 정성스레 비파를 켰다. 큰딸이 들어보니 힘찬 연주소리며 매력 넘치는 손놀림이며 그 무엇에도 비할 수가 없었다. 차림새는 초라하지만 우아하고 기품이 넘쳐나 바람이라도 불어 발(簾)을 들어 올려주었으면 하고 바랐다. 그때 마침 바람이 세차게 불어와 발이 휙 들려 올라가자 그 틈 사이로 큰딸과 중장의 눈이 딱 마주쳤다. 중장은 한나라의 이부인, 양귀비도 이 아가씨의 모습에는 미치지 못하리라 생각하며 바라보았다. 일행은 더욱 마음을 담아 거문고와 비파를 켜고 생황과 피리를 불어 장단을 맞추니 듣는 이들은 흥에 겨운 나머지 감격의 눈물을 흘렸다. 딸들의 심중 또한 더할 나위 없었다. 분쇼는 다시 술상을 차려 중장에게 권했다. 중장은 마지못해 잔을 비우고 분쇼에게도 건넸다.

"일전에도 말했습니다만, 싫으신지요? 딸의 처소에 아름다운 여인들이 많은데 아무라도 골라 보세요. 저 북쪽 편에 그들이 있습니다."

이렇게 말하며 손가락으로 북쪽을 가리켰다. 일행은 서로 쳐다보고
중장의 심중을 살피며 웃었다.
"고맙습니다."

아무래도 중장은 이 밤을 이대로 보낼 수 없어서 주위가 잠잠해지
기를 기다려 몰래 큰딸 처소로 향했다. 큰딸도 낮에 마주친 중장의 모
습을 잊지 못하고 격자문도 내리지 않은 채 휘영청 밝은 달을 바라보
며 앉아있었다. 그때 중장이 겹겹이 쌓인 담을 지나 살며시 들어왔다.
평소와 달리 사내모습이 어른거리자 두근대는 가슴으로 방 한 켠으로
맞아들였다. 중장도 따라 들어와 곁에 누웠다. 낮에 봤던 그 사람이려
나 걱정도 되고 무섭기도 했다. 여태껏 구혼해 온 사람들을 다 마다하
고 장사치과 인연을 맺다니 나중에 부모님이 아실 것을 생각하면, 슬
프고 수치스러워 미처 생각지도 못한 일이라고 중장에게 속내를 털어
놓았다. 중장도 그 말에 일리가 있어 위부의 구로도에게 들었던 지금
까지의 일을 소상히 이야기했다. 그제야 딸도 허물없이 마음을 터놓

고 깊은 정을 주고받았다.

긴긴 가을밤이라고는 하지만 어떤 사람과 함께 하느냐에 따라 다른 것이어서, 그 사이에 새벽이 밝아오고 있었다.

애타게 그리다 이제야 만났거늘 금방 새었네
부부의 정 못 다한 첫날밤이여

중장이 이같이 읊자, 딸도 수줍은 듯이 얼굴을 돌리며 화답했다.

보잘 것 없는 이 몸에도 짧디짧은 밤이어라
당신과 함께함에 어느덧 새벽하늘

그 후 두 사람은 하늘에 있다면 비익조가 되고 땅에 있다면 연리지가 되리라는 생각으로 운우의 정을 나누었다.

두 사람의 일은 숨기려 해도 자연스레 드러나 여기저기서 수근대기 시작했다. 그리고 끝내는 딸들 어머니의 귀에까지 들어갔다.

"한심하구나! 영주도 뭣도 다 마다하더니 저따위 장사치와 연을 맺다니. 장사치에 딸려서 내쫓아야겠다!"

한편, 분쇼의 집에서는 교토에서 내려온 상인을 극진히 대접하고 관현악을 울리며 즐기고 있다는 것을 대궁사가 전해 듣고 사람을 보내왔다. 분쇼는 반갑게 맞아들였다.

"잘 알겠습니다."

그리고 그는 중장일행을 향해 말했다.

"대궁사께서 연주소리를 듣고 싶어 하시니 평소보다 몸차림에 신경을 써주시게."

　중장은 오늘에야 신분이 드러나리라 보고 교토에서 가져온 관복을 차려입고 관모도 썼다. 이도 검게 칠하고[36] 눈썹도 그렸는데 이루 말로 형용하기 어려우리만큼 용모가 수려했다. 사람들이 중장의 모습을 쳐다보고는 상인은 어디가고 귀공자[37]가 나타났는가 하며 놀라워들 했다. 대궁사가 아들 다섯을 데리고 가마를 타고 분쇼의 집에 당도하여 불당 쪽을 바라보았는데 뜻밖에도 거기에는 중장이 앉아 있어 깜짝 놀라며 가마에서 나뒹굴듯 내렸다.

　"아이고, 교토에서는 관백 전하의 아드님이신 중장 나으리께서 사라지셨다고, 그래서 방방곡곡 찾으신다고 들었습니다. 그런데 여기에 계시다니요. 그런 줄은 꿈에도 몰랐습니다."

　대궁사는 몹시 놀라워하며 넙죽 엎드렸다. 그 사이에 효에노스케가 나와서 말했다.

　"이보시오. 사다미쓰! 이쪽으로 드시오."

　분쇼는 이 말을 듣자마자 쏜살같이 그의 처소로 돌아와 몸을 부들 떨며 울먹이는 소리로 말했다.

　"참, 어이가 없구나. 교토의 장사치들, 차마 눈뜨고 못 보겠더라. 우리 나으리의 이름을 함부로 부르다니. 송구하게도 말이야!"

　그러자 대궁사가 분쇼를 불러들여 일렀다.

　"너는 알지 못하겠느냐? 황공하게도 이분은 관백 전하의 아드님이신 중장 나으리이시니라. 그 누구도 따르지 못할 고귀한 분이시지. 분

---

36) 당시 3품 이상의 귀족과 고급무사들은 산화시킨 철에 오배자(五倍子) 가루를 묻혀 이를 검게 칠했다.
37) 저본에는 '신불(神佛)'로 되어있지만 한국인의 정서에 맞게 번역했다.

에 넘칠 따름이니라."

분쇼는 대궁사의 말을 듣고 간담이 서늘해지고 혼이 나갈 지경이었다. 그동안 교토에서 내려온 상인이라고만 생각했는데 관백 전하의 도련님이 납시다니. 꿈에도 생각지 못한 일이라 얼굴이 상기된 채 거듭 거처로 돌아와 외쳤다.

"얼씨구, 좋구나! 우리 사위님은 전하이시다. 전하가 우리 사위님이시다!"

그는 뛸 듯이 좋아하며 소리쳤다.

대궁사는 손수 가마를 짊어지고 중장을 자신의 집으로 모시고는 관동 여덟 고을의 영주들에게 전갈을 보냈다. 그러자 영주들이 너나 할 것 없이 모여들었다.

"분쇼의 여식이 이러한 복을 한 몸에 누리고자 여태껏 그 많은 사람들의 청혼을 거절하였구나."

이윽고 중장은 분쇼의 딸을 데리고 상경하려고 나섰다. 그 뒤를 관동 영주들의 말 일만 여필이 따랐다. 대궁사의 부인을 비롯해 너도나도 뒤질세라 많은 사람들이 시중을 들며 뒤따랐다. 사방 창고에 넣어둔 금은보화는 지금이 아니고서 언제 쓸 양으로 수레를 금과 은으로 뒤덮고 시중드는 여인들도 아름답게 치장시켜 상경 길에 올랐다. 이 광경을 보고 들은 뭇사람들 모두가 부러워했다.

중장 일행은 삼월 열흘이 지나 교토에 도착하였다. 부부인도 그저 꿈을 꾸는 마냥 기뻐했다. 설령 어디의 뉘 자식인들 소홀히 하겠냐며 극진히 맞아들였다. 분쇼의 딸은 등꽃빛깔 일곱 겹 기모노[38]를 입고

---

38) 일곱 겹 기모노. 나나에기누(七重衣)라고 하여 일곱 장을 겹쳐 입은 것을 말한다.

그 위에 짙은 자줏빛 도는 당의를 걸치고 있었다. 아래에는 짙은 벚꽃 빛깔 하카마를 눈부실 정도로 아름답게 차려입고 있었는데 그 자태가 참으로 고와서 무엇에도 견줄 수가 없었다. 무슨 인연으로 분쇼의 딸로 태어났는지. 이 땅에 선녀가 강림하였다며 총애를 아끼지 않았다. 이 기쁜 일로 인해 대궁사에게는 히타지 지방이 포상으로 내려졌다.

중장이 군주를 알현하니 군주도 궁금해 하던 차였기에 반갑게 맞아들였다. 중장은 그 자리에서 대장[39]으로 승격되었다. 그동안 있었던 일을 하문하기에 하나하나 차근차근 아뢰었다. 그러자 말씀이 있었다.

"언니가 아름다우니 동생도 필시 인물이 출중할 것 아닌고."

"언니보다 더욱 아름답사옵니다."

대장의 말에 당장 궁으로 불러들이라는 첩지가 내려졌다. 분쇼는 이 소식을 전해 듣고 망극하기 그지없었다. 하지만 큰딸은 어쩔 수 없이 보냈더라도 작은 딸만큼은 가까이에 두고 얼굴을 보지 않으면 도저히 못살겠다는 생각에 사실대로 아뢰자 '그렇다면' 하고 부모도 함께 교토로 불러올렸다.

왕이 동생을 만나보니 언니에 비할 수 없을 정도로 아름다워 한없이 총애하였다. 딸을 잘 둔 덕에 분쇼는 나이 일흔에 재상[40] 자리에 올랐다. 어전으로 불려 들어가는데 쉰 정도로밖에 보이지 않았다. 작은

---

39) 대장(大將). 근위부 소속의 명예직으로 다이나곤(大納言, 정3품)이나 주나곤(中納言, 종3품)이 겸임했으나, 대신(大臣)이나 참의(參議, 정4품)가 겸임하는 경우도 있었다. 대신은 최고 행정기관인 태정관(太政官)의 최고 관직인 태정대신(太政大臣, 정·종 1품)과 좌대신(左大臣), 우대신(右大臣), 내대신(內大臣)(정·종 2품)을 아우르는 말이다.

40) 재상(宰相). 참의를 말하며 대신(大臣)과 나곤(納言)에 다음가는 중요한 직책이다.

딸은 뇨고가 되었다.

얼마 지나지 않아 뇨고가 전에 없이 몸이 개운치 않았다. 그러자 왕을 비롯해 모두 걱정이 이만저만 아니었는데 그 걱정이 오히려 경사가 되어 기쁘기가 이를 데 없었다. 열 달이 지나 순산하여 왕자가 태어났다. 왕자의 유모는 관백 며느리인 언니가 맡아 중궁이 된 동생을 모시게 되었다. 외할아버지는 재상에서 다시 다이나곤[41]이 되었다. 일개 미천한 소금장수였던 분쇼가 이토록 온갖 호사를 누리게 되니 무엇으로도 표현할 길이 없었다. 중궁의 어머니에게도 이품(二品) 작위가 내려졌다. 전생에 무슨 공덕을 쌓았는지 다들 부귀영화를 한껏 누렸고 나이도 젊어 보였다. 식솔도 종들도 많이 거느렸고 위아래 할 것 없이 시중드는 여인들로부터도 존경을 한 몸에 받아 온갖 영예를 세상에 떨쳤다. 다이나곤 분쇼는 지대가 높은 곳에 탑도 세우고 큰 강에 배도 띄우고 작은 강에는 다리를 놓는 등 수없는 공덕을 쌓았다. 모두 백세 넘도록 장수하였으니 이보다 더 경사스러운 일은 또 없을 것이다.

그러므로 새해를 맞이하면 마땅히 상서로운 이 책을 읽는 것으로 시작하는 것이 좋다.

---

41) 다이나곤(大納言). 주 39를 참조.

2/한 치 동자

정든 나니와 포구를 뒤로 하고
교토로 향하는 내 마음 바쁘기도 하여라

한 치 동자

오래되지 않은 이야기이다. 셋쓰 지방 나니와[1] 고을에 할아버지와 할머니가 살고 있었다. 할머니는 마흔이 다 되도록 자식 없는 것이 못내 한이 되어 스미요시[2]를 찾아가 자식을 점지해 달라고 빌었다. 스미요시 대명신[3]이 이를 불쌍히 여겨 나이 마흔 하나에 할머니는 잉태하여 몸이 여느 때와 같지 않으니 할아버지는 기쁘기가 이를 데 없었다. 마침내 열 달이 차 귀여운 사내아이가 태어났다. 그런데 아이는 태어날 때부터 키가 한 치밖에 되지 않았다. 그래서 한 치 동자라고 이름을 지었다.

---

1) 셋쓰 지방 나니와(攝津國 難波). 저본에는 셋쓰가 쓰 지방(津の國)으로 되어 있다. 셋쓰 지방의 옛 이름이며 오사카부(大阪府)와 효고현(兵庫縣)에 걸친 지역이다. 나니와는 오사카시 주오구(大阪市 中央區) 및 나니와구(浪速區)에 해당한다.
2) 스미요시(住吉). 오사카시 스미요시구(住吉區)에 있는 스미요시 다이샤(住吉大社)로 전국에 2300여 개가 되는 스미요시 신사의 총본산이다. 신년의 참배객 수는 전국적이라 할 만하다.
3) 대명신(大明神). 신의 존칭이다.

어느덧 세월이 지나 아이가 열두 세 살이 되었는데도 또래만큼 자라지 않았다. 아무리 생각해 보아도 사람이 아니라 요물 같아 전생에 무슨 죄를 지어서 저런 자식을 점지해 준 것인지 할아버지는 한스러울 따름이었다. 남들도 이런 할아버지와 할머니를 딱하게 생각했다. 노부부는 저 녀석을 어디로든 쫓아버려야겠다고 말을 했는데, 한 치 동자도 그러한 부모의 속마음을 알고는 부모마저 나를 하찮게 생각하니 어디로든 떠나야겠다고 마음을 먹었다. 길을 떠나려 하니 검이 없어서는 안 될 것 같은 생각에 바늘을 하나 청하자 할머니가 내어주었다. 얼른 밀짚으로 칼자루와 칼집을 만들어 교토로 올라가려는데 이번에는 배 없이 어찌 가겠냐며 또 청을 했다.

"밥그릇과 젓가락을 주세요."

아이가 막상 떠난다고 하니 그래도 부모이므로 마음이 아파 말렸는데도 동자는 뿌리치고 나갔다. 스미요시 포구에서 밥그릇을 배로 삼아 상경 길에 올랐다.

> 정든 나니와 포구를 뒤로 하고
> 교토로 향하는 내 마음 바쁘기도 하여라

이윽고 도바 나루터[4]에 당도하여 타고 왔던 배를 버리고 교토로 들어갔다. 교토 여기저기를 구경하는 중에 시조(四條), 고조(五條)[5]의 번화한 모습에 입이 떡 벌어졌다. 그러다가 한 치 동자는 산조 재상[6]의 집 앞에 다가서서 소리쳤다.

"아무도 안 계십니까?"

재상이 어디에서 나는 소리인가 하고 마루 끝으로 나와 둘러보았지만 사람은 보이지 않았다. 한 치 동자는 이러다가 자칫 잘못하여 밟혀 죽을지도 모르겠다는 생각에 거기에 놓여있는 나막신 밑으로 들어가 다시 외쳤다.

"누구 계십니까?"

참 희한한 일이로군. 사람은 보이지 않고 이상한 목소리로 불러대다니. 재상은 어디 한번 나가서 살펴봐야겠다 싶어 나막신을 막 신으려 하는데 나막신 밑에서 소리가 들렸다.

"사람을 밟지 마소서."

의아하게 생각한 재상이 나막신 밑을 살펴보다가 괴상하게 생긴 아이를 발견했다.

---

4) 도바(鳥羽) 나루터. 교토의 후시미구(伏見區)에 위치한 나루터로 가쓰라가와(桂川) 강과 가모가와(鴨川) 강이 합류하는 지점에 있다.

5) 시조(四條), 고조(五條). 당시의 교토 번화가로 한국 종로의 4가, 5가와 같은 표현이다.

6) 산조 재상(三條の宰相). 산조(三條)는 거리명칭이며, 재상(宰相)은 정4품에 해당되는 참의(參議)관직이다. 산조에 살고 있어서 산조 재상이라 불렸다.

"거참, 신기하게 생긴 녀석이로구나."

재상은 껄껄 웃었다.

어느덧 세월이 흘러 한 치 동자는 나이 열여섯이 되었지만 키는 또래만큼 자라지 않고 그대로였다. 재상에게는 열세 살 먹은 딸이 있었는데 딸의 자태가 얼마나 고왔던지 한 치 동자는 금방 사모하는 마음이 생겼다. 무슨 수를 써서라도 그를 아내로 삼고자 마음을 먹었다. 하루는 꾀를 내어 공물로 바칠 쌀을 찻주머니에 넣어 자고 있는 재상의 딸에게 가져가서 그 입에 쌀을 묻혀놓고는 빈 찻주머니만 들고 울고 있었다. 재상이 무슨 일인가 궁금하여 물어보니 이렇게 대답했다.

"제가 일전에 모아 둔 공양미를 아씨께서 몰래 가져다 먹어버렸습니다."

재상이 크게 화를 내며 딸을 살펴보자 아니나 다를까 입가에 쌀알이 묻어 있었다. 과연 거짓이 아니었다. 이런 아이를 교토에 둘 수는 없고…… 차라리 없애버리는 게 낫겠다며 한 치 동자에게 분부했다. 동자는 속으로는 무척 기뻤으나 내색하지 않고 아씨에게 아뢰었다.

"아씨께서 제 것을 훔치셨으니 나으리께서는 저보고 아씨를 어떻게든 알아서 하라고 하셨습니다."

재상의 딸은 마치 악몽을 꾸는 것 같이 기가 막혔다. '자, 어서요.' 하는 한 치 동자의 재촉에 못 이겨 먼 길을 나서는 심정으로 밤길에 교토를 벗어나 발 닿는 대로 걸어갔다. 딱하게도 아씨를 앞세우고 한 치 동자는 그 뒤를 따랐다. 재상은 겉으로는 화를 냈을지언정 아무라도 딸을 좀 잡아 주었으면 하는 생각을 하였다. 하지만 그 어미가 계모이다 보니 만류는커녕 몸종도 딸려 보내지 않았다.

아씨는 야속한 마음에 어찌해야 좋을지 몰랐다. 그렇다고 딱히 갈 곳이 있는 것도 아니어서 우선은 나니와 해안으로 가봐야겠다는 생각에 도바 나루터에서 배를 탔다. 때마침 거센 바람이 불어와 배는 알 수 없는 섬에 다다랐다. 배에서 내려 주위를 둘러보았지만 사람이 사는 흔적은 보이지 않았다. 폭풍에 휩쓸려 이 섬에 흘러온 모양인데 섬에서 나갈 좋은 방법이 없는지 이리저리 궁리를 해 보아도 달리 방도가 없었다. 배에서 내린 한 치 동자가 여기저기를 둘러보고 있자니 어디선가 도깨비 둘이 다가왔는데 그 중 하나는 요술 망치를 들고 있었다. 옆에 있던 다른 도깨비가 말했다.

"우선 이 놈부터 삼키고 저 여자도 잡아먹자."

도깨비가 한 치 동자를 입으로 삼켰는데 동자는 눈으로 툭 튀어나왔다.

"어이쿠, 이거 요상한 놈이구나. 입으로 삼켰는데, 눈으로 튀어 나오다니!"

한 치 동자를 입속에 넣었는데 눈으로 튀어나와 설쳐대니 도깨비도 두려워 덜덜 떨었다.

"이거 예사 놈이 아니야. 지옥 땅이 뒤집히기라도 한 게야. 얼른 도망치자."

말이 끝나기가 무섭게 도깨비는 요술망치며 곤장, 채찍 모든 것을 죄다 내팽개치고 극락정토 북서쪽 어두컴컴한 곳으로 냅다 줄행랑을 쳤다. 한 치 동자는 도깨비들이 도망치자마자 얼른 요술망치를 주워 들고 휘둘렀다.

"내 키야 커져라!"

뚝딱 내리치자 금세 키가 쑤욱 커졌다. 또 그간 제대로 먹지 못해 배가 고파서 다시 내리쳤다.

"밥 나와라 뚝딱!"

그러자 맛있는 음식들이 줄줄이 나왔다. 생각지도 못한 횡재였다.

한 치 동자는 요술망치로 온갖 금은보화를 내어서 아씨와 상경하여 고조 근처에 집을 장만하여 살았다. 열흘 남짓 지났을 무렵, 이 소문이 퍼져나가자 대궐에서 전해 듣고는 부랴부랴 한 치 동자를 불러들였다.

"오호, 범상치 않은 아이로다. 분명 천한 집안 자손은 아닐 터."

왕은 한 치 동자가 어떤 집안의 자손인지를 물었다. 한 치 동자의 아버지는 호리카와 주나곤[7]의 자식이었다. 주나곤이 사람들에게 중상모략을 당하여 유배를 갔는데 그 시골 유배지에서 낳은 아들이었

---

7) 호리카와 주나곤(堀川の中納言). 호리카와(堀川)는 교토시를 흐르는 강이며, 주나곤(中納言)은 당시 최고 행정기관인 태정관(太政官)의 차관으로 다이나곤(大納言)의 다음 직위로 종3품에 해당된다. 호리카와 주변에 거처를 두고 있어 호리카와 주나곤이라 불렀다.

다. 어머니는 후시미 소장[8]의 딸로 어렸을 때 양친을 여의었다. 이러한 가계내력을 지닌 데다 성품도 좋고 기품도 있어서 왕이 한 치 동자를 어전으로 불러 올렸다. 한 치 동자는 호리카와 소장으로 봉하여지니 이보다 더한 경사는 없었다. 이윽고 그의 부모까지 대궐로 들어가 환대를 받으니 참으로 세상에 보기 드문 일이었다.

얼마 지나지 않아 소장은 주나곤에 올랐다. 그는 마음씨고 용모고 모든 것이 남들보다 뛰어나 일가친척들의 칭송이 자자하였다. 장인인 재상도 이야기의 전말을 전해 듣고 매우 기뻐하였다. 그 후, 주나곤은 아들을 셋이나 얻고 집안도 번창하였다.

스미요시 대명신의 가피를 입어 자손대대로 부귀영화를 누렸다. 세상에는 경사스러운 일이 많고 많다지만 한 치 동자에 견줄만한 더 좋은 전례는 찾아보기 어렵다고 한다.

---

8) 후시미 소장(伏見の少將). 후시미(伏見)는 교토 후시미구(伏見區)의 지명이며, 소장(少將)은 근위부(近衛府, 궁궐이나 왕의 행차에 경호를 맡은 관청)차관을 일컫는다. 품계는 정5품에 상당한다.

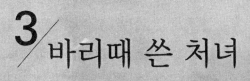

3/바리때 쓴 처녀

솔바람에 구름 걷히듯 후련히 세상 밖으로 나서
휘영청 밝은 달을 언제 한 번 보려나

바리때 쓴 처녀[1]

오래된 이야기는 아니다. 가와치 지방 가타노[2] 부근에 빗추[3]의 태수 사네타카라는 사람이 있었다. 엄청난 금은보화를 가지고 있었는데 재물이 차고 넘쳐 무엇 하나 어려움이 없었다. 평소 시가(詩歌)나 관현(管絃)에 마음을 두고 꽃이 피면 지는 것이 서운하여 노래를 읊조리고 시를 지으며 유유자적한 날들을 보내고 있었다. 부인 또한 〈고킨슈〉,[4] 〈만요슈〉,[5] 〈이세 이야기〉[6] 등 수많은 책을 읽으며 달빛 아래

1) 〈바리때 쓴 처녀〉의 원 제목은 하치카즈키(鉢かづき)이다. 하치는 발(鉢)을 가리키는 뜻으로 신령이나 부처의 가호를 입고 있어 바리때로 의역했다. 카즈키(かづき)는 머리에 쓰다는 뜻을 가진 가부루(かぶる)의 고어 '가즈쿠(かづく)'의 명사형이다. 따라서 하치카즈키는 바리때를 쓰고 있는 흉한 모습을 한 여주인공을 낮추어 부르는 말이므로 '바리때 쓴 처녀'로 제목을 붙이고, 본문에서는 '바리때 처녀'로 약칭하고, 사람들이 여주인공을 빈정거리며 호칭할 때는 '바리때'라고 하였다.
2) 가타노(交野). 가와치 지방, 곧 현재의 오사카후 히라카다시(大阪府 枚方市) 부근이다. 고대 왕실의 수렵지로 벚꽃 명승지였다.
3) 빗추(備中). 오카야마현(岡山縣) 서쪽 지역을 말한다.
4) 〈고킨슈(古今集)〉. 정식 명칭은 〈고킨와카슈(古今和歌集)〉로 10세기 초에 편찬된 칙찬가집이다.

에서 밤을 지새우고 달이 서산으로 넘어가는 것을 아쉬워하며 지내니 세상 부러울 게 없었다. 부부 사이도 원앙새처럼 금슬이 좋았지만 둘 사이에는 아이가 없었다. 부부는 밤낮으로 이를 한탄하던 중에 뜻하지 않게 딸아이가 태어나 그 기쁨은 이루 말로 다 할 수가 없었다. 두 사람은 아이에게 온갖 사랑을 쏟으며 고이고이 키웠다. 늘 관세음보살을 믿고 의지하고 있었기에 하세데라절[7]에 참배하여 딸아이가 장차 부귀영화를 누리도록 빌었다.

어느덧 세월이 흘러 딸아이 나이가 열셋이 되었다. 그 해 어머니가 평소와 달리 감기기운이 있다며 몸져누워 하루 이틀 보내고 있었는데, 더 이상 버틸 수 없게 되자 딸을 가까이 불러 윤기 나는 검은 머리카락을 쓰다듬으며 말했다.

"아이고, 이 어린것 불쌍해서 어찌할꼬! 열일곱 여덟 되도록 키워서 좋은 짝을 지어주고 잘 사는 모습을 보고 가야 하는데 너만 두고 가자니 가슴이 미어지는구나."

어머니가 울면서 탄식을 하자 딸도 눈물을 글썽였다. 어머니는 흐르는 눈물을 훔치며 옆에 있던 작은 통을 끄집어냈다. 통 안에는 뭐가 들었는지 묵직한 느낌이었는데 그것을 딸아이의 머리에 얹고 그 위에 또 어깨를 감출 만한 바리때를 뒤집어씌우고는 이렇게 읊었다.

---

5) 〈만엽집(万葉集)〉. 현존하는 와카집 중에 가장 오래된 것으로 8세기 후반에 성립되었다.

6) 〈이세 이야기(伊勢物語)〉. 아리와라노 나리히라(在原業平, 825~880)로 추정되는 남성의 일대기를 와카를 중심으로 하여 엮어놓은 이야기 문학이다. 125단으로 되어있고 성립은 9~10세기경이다.

7) 하세데라절(長谷寺). 나라현 사쿠라이시(奈良縣 櫻井市)에 있는 사찰이다. 본존불은 십일면관음보살로 그 영험함이 일본에서 손꼽힌다.

못난 중생이 깊이 의지하리다 관세음보살
간절히 서원하며 바리때를 씌워놓으오

이 노래를 남기고 어머니는 끝내 세상을 떠났다. 아버지가 너무 놀
라 비통한 얼굴로 말했다.

"어찌 이 어린것을 내버려두고 다시 못 올 길을 가버린단 말이오."

그러나 아무리 눈물로 하소연해본들 어쩔 도리가 없었다. 죽은 사
람을 이대로 마냥 내버려둘 수가 없어 아쉬움을 뒤로 한 채 쓸쓸한 들
판으로 장송하였다. 꽃같이 아름다운 자태는 연기가 되어 피어오르고
둥근달 같이 훤한 얼굴은 바람과 함께 흩어져 사라지니 참으로 애석
한 일이었다. 아버지는 딸을 가까이 불러 머리에 쓴 바리때를 벗겨주
려 하였으나 머리에 착 달라붙어 떨어지지 않았다.

"이런, 이 일을 어떡하나? 어미는 어쩔 수 없이 보냈다지만 어린것
이 이렇게 흉측한 바리때를 뒤집어쓰고는 떨어지지 않으니 어찌해야
좋단 말이더냐?"

아버지는 몹시 원통해 하였다.

해도 바뀌어 딸아이는 죽은 어머니의 첫 기일에 공양을 올리며 명
복을 빌었다. 슬픔은 한시도 곁에서 떠날 줄을 몰랐다. 봄은 처마 끝
매화나무 가지에 먼저 찾아들고 이윽고 벚꽃이 피고 나뭇가지에는 듬
성듬성 새잎이 돋아 아쉬움을 더하지만 꽃은 봄이 오면 다시 핀다. 달
은 서산에 기울어 칠흑 같은 밤의 정적을 깨우지만 어김없이 밤은 찾
아오고 달은 또다시 떠오른다. 그런데 저 세상으로 떠나버린 사람은
꿈속에서 더듬어 봐도 어렴풋하기만 하고 아무 날 어느 저녁 무렵에
그 누가 이별의 길을 처음 밟았다 하여 만나지 못한단 말인가. 생각할

수록 작은 쳇바퀴가 돌듯 비통한 마음을 풀 길이 없는 처지인지라 옆에서 보기에도 처량하였다.

그러는 사이에 아버지의 일가친척 가운데 친하게 지내는 몇몇 사람이 찾아와서는 언제까지나 사내 혼자서 지낼 수 없다며 새장가 들기를 권했다.

"자네, 아무리 슬피 울며 한탄해봤자 어쩔 도리가 없네. 다시 좋은 사람을 만나면 허망하게 보낸 처에 대한 그리움도 위로 받지 않겠나."

먼저 간 사람은 어쩔 수 없더라도 남아 있는 사람은 힘든 법이라 이래저래 마음을 써본들 부질없다 싶어 아버지는 마지못해 받아들였다.

"그렇다면 말씀에 따르지요."

일가 사람들이 기뻐하며 적당한 사람을 수소문하여 식을 올려 새 여자를 맞아들였다. 시간이 지나면 꽃이 지듯 사람의 마음도 변하는 것이 인지상정이지만, 가을낙엽이 떨어져 나뒹굴도록 떠난 사람을 잊지 못해 한탄하는 이는 딸아이뿐이었다.

새로 들어온 계모는 의붓딸을 보고는 세상에 이런 괴상망측한 흉물 덩어리도 다 있냐며 미워 죽을 지경이었다. 그러다 계모의 몸에서 아이까지 태어나자 마침내는 바리때 처녀를 거들떠보지도 않고 어떤 말도 들으려 하지 않았다. 평소 안하던 행동거지마저 꾸며내어 남편에게 고자질을 했다. 바리때 처녀는 너무나 서러워 어머니의 묘에 가서 울며불며 하소연을 했다.

"안 그래도 살아가기 힘든 세상인데, 떠나가신 어머니를 생각하면 눈물이 강물 되어 흘러요. 그렇다고 그 강물에 빠져죽지도 못하고, 살아도 사는 것 같지가 않아요. 더구나 이런 얄궂은 것까지 뒤집어쓰고 있으니 원망스럽기만 합니다. 계모가 저를 미워하는 것도 당연해요.

낳아주신 어머니는 먼저 가시고 저조차 잘못된다면 아버지의 슬픔이 얼마나 크실지 괴로워요. 하지만 이제 계모가 동생도 낳고 해서 아버지 걱정은 하지 않아도 될 것 같아요. 계모가 저를 미워하니 의지해 왔던 아버지마저도 박정해지더군요. 이제는 살아 있어도 아무 쓸모가 없으니 얼른 데려가 주세요. 어머니가 계신 연꽃 만발한 세상에 다시 태어나 편히 살고 싶어요."

이렇게 어머니를 애타게 그리며 눈물이 마르도록 슬피 울지만 생사를 달리하는 고통이 그러한 것이라며 대답해 주는 이도 없었다. 계모가 이 의붓딸의 일을 전해 듣고는 바리때가 제 어미 무덤에 가서 제 애비랑 우리 모녀를 싸잡아 저주를 해대니 무서운 일이라며 참말은 일언반구도 하지 않고 거짓말만 늘어놓았다. 얼뜨고 얼뜬 게 사내 마음이라 아버지는 계모의 말만 믿고 딸을 불러내서 호통을 쳤다.

"이 괘씸한 것 같으니. 꼴사나운 것을 뒤집어쓰고 있어 가엾게 여겼더니 아무 죄 없는 계모와 동생을 저주해? 어처구니가 없구나. 이런 흉물을 집안에 두어서는 안 되겠어. 이것을 어디로든 당장 내쫓아 버려라!"

계모가 옆에서 듣고 있다가 얼굴을 돌려 좋아 죽겠다며 킥킥거렸다.

불쌍하게도 계모는 바리때 처녀를 잡아당겨 입고 있던 옷들을 벗기고 남루한 홑옷 하나만 걸치게 해서 휑한 들판 네거리에 내쫓아버렸으니 불쌍하기 짝이 없었다. 바리때 처녀는 도대체 이게 무슨 팔자인지 암흑 속을 헤매는 것 같고 또 어찌해야 할지도 몰라 그저 눈물만 삼켰다. 잠시 우두커니 서 있다가 이렇게 읊었다.

들녘 끝 후미진 길 헤쳐가야 하건만
어디로 가야할지 이 몸 갈 길 몰라라

발길 닿는 대로 정처 없이 걷다 큰 강가에 다다랐다. 잠시 멈추어
서서는 어찌 할 바를 몰라 차라리 이 강의 부초가 되어 어머니 계시는
곳으로 가는 것이 낫겠다는 생각이 들어 물속을 들여다보니, 어린 마
음에 강둑으로 출렁이는 물결도 무섭고 여울 치는 흰 물살도 거세며
끝도 보이지 않아 선뜻 나서지를 못했다. 하지만 이미 죽자고 작정한
터라 마음먹고 물속으로 몸을 던지려다가,

강 언덕의 여린 버들 실낱같은 한줄기 몸
미련 없이 내던지리 신이여 거두소서

읊고는 몸을 던졌다. 그러나 머리에 쓴 바리때가 가라앉지 않고 떠
올라 얼굴만 내민 모양으로 둥둥 떠내려가는데, 그곳으로 마침 고기
잡이배가 지나갔다.
"저기 바리때 같은 게 떠내려가는데 무엇인고?"
떠내려가는 것을 건져 올려보니 머리 쪽은 바리때이고 아래는 사람
이었다.
"어, 이거 괴상하네. 뭐지?"
바리때를 물가로 내던졌다.
잠시 시간이 흐른 뒤 바리때 처녀는 정신을 차리고 일어나니 생각
할수록 자신의 신세가 한스러웠다.

> 출렁이는 강바닥에 이 몸 가라앉으련만
> 어쩌자고 다시 떠올랐단 말인지

이대로 있지도, 또 가지도 못하고 넉 나간 사람처럼 멀거니 서 있었다. 그렇다고 마냥 서 있을 수만은 없어 발길 닿는 대로 몸을 내맡긴 채 가는 중에 어느 마을에 이르렀다.

"도대체 저건 뭐지? 머리 쪽은 바리때고 아래쪽은 사람인데. 어느 깊은 산속 해묵은 바리때가 둔갑하여 사람모습을 하고 나와 있는 게 틀림없어. 분명 인간은 아닐 게야."

마을사람들은 두려워하면서도 손가락질하며 놀려댔다.

"비록 요물이기는 하지만 손발이 곱기도 하구려."

저마다 이렇게 한마디씩 수군거렸다.

한편 이 지역에 국사(國司)로 내려온 삼품(三品) 중장 야마카게라는 사람이 있었다. 때마침 그가 툇마루에서 어슬렁어슬렁 뜰의 나무들을 즐기며 바깥 경치도 내다보고 있었다. 저 멀리 안개 사이로 가난한 집 모깃불 쑥더미 속에서 피어오르는 연기가 하늘에 드리우는 저녁녘 정취는 참으로 흥겨웠다. 연모하는 사람이 있다면 함께 하고 싶다는 생각을 하며 서 있었는데 저쪽에서 바리때 처녀가 다가왔다.

"저것이 무엇이더냐? 이리 불러 오너라."

중장의 명에 젊은 무사 두셋이 달려가 바리때 처녀를 데리고 왔다.

"어디에서 온 누구인고?"

"저는 가타노 부근에 사는 사람입니다. 일찍이 어머니를 여의어 슬픔을 가눌 길 없는데 이런 흉측한 것마저 제 몸에 들러붙었습니다. 이런 저를 불쌍히 여기며 감싸주는 사람도 없어 나니와[8] 포구든 어디든 발길 닿는 대로 떠돌고 있습니다."

중장은 그가 딱하게 생각되었다.

"뒤집어쓰고 있는 바리때를 벗겨 주어라."

모두가 달려들어 떼어내려고 애썼지만 딱 들러붙어 있어서 좀처럼 떨어지지 않았다. 사람들은 조롱 섞인 말을 던졌다.

"무슨 이런 괴상망측한 게 다 있어."

중장이 물었다.

"너는 지금 어디로 가는 중이더냐?"

"딱히 갈 곳이 있는 것도 아닙니다. 어머니가 돌아가시고 이런 흉측한 꼴이 되다보니 저를 보는 사람마다 두려워하고 미워만 했지 불쌍히 여기는 사람이 없습니다."

"일하는 사람들 가운데 조금 별다른 자가 있는 것도 괜찮을 것 같구나."

그래서 바리때 처녀는 중장의 분부대로 그곳에 머물게 되었다.

"네가 잘하는 것이 뭔고?"

"말씀드릴 만한 것은 못됩니다만 어머니가 살아계실 적에 거문고, 비파, 화금(和琴),[9] 생황, 피리 등을 연주하고 고킨슈, 만요슈, 이세 이야기를 읽고 법화경 여덟 권과 다른 불경들을 읽었을 뿐, 달리 잘하는 것은 없습니다."

"그래? 그렇다면 목간에서 일을 해 보거라."

---

8) 나니와(難波). 오사카시 주오구(中央區) 및 나니와구(浪速區)이다.
9) 화금(和琴). 일본 고유의 현악기이다.

바리때 처녀는 여태까지 경험해 보지 못한 일이었지만, 어떤 상황에 놓이면 따르는 것이 세상의 이치인지라 달리 방도가 없어 목간에서 불 지피는 일을 시작했다. 이윽고 날이 밝자 사람들이 목간에 있는 그를 발견하고는 골리며 미워할 뿐 누구하나 동정해 주지 않았다.

"바리때! 물 데워라."

날마다 삼경 사경도 채 지나기 전에, 또 날이 새는 오경도 되기 전에 재촉하며 깨웠다. 가엾게도 바리때 처녀는 마치 잘 꺾이지 않는 조릿대가 눈 속에 파묻힌 듯 엎어져 있다가 가까스로 몸을 추스르고 일어나 상념에 젖은 채 장작에 불을 지폈다. 자신의 흉측한 모습이 연기가 피어오르듯 소문이 되어 퍼져나가니 실로 괴로웠다. 멍하니 이는 연기를 바라보다 아뢰었다.

"물을 다 데웠습니다. 얼른 쓰십시오."

날이 저물자 또 다시 다그쳤다.

"발 씻을 물은 준비 되었느냐. 바리때!"

바리때 처녀는 지친 몸을 일으켜 여기저기 나뒹구는 땔감을 끌어당기며 중얼거렸다.

> 넣고 내워라 장작 쪼개 태우는 저녁연기
> 고달픈 몸도 연기 따라 흩어지려나

도대체 전생에 무슨 업을 지었기에. 이토록 고생하고 근근이 목숨을 연명하며 근심어린 채 잠자리에 들어야만 하는가. 옛적을 생각하니 속은 스루가[10]의 후지산 봉우리에서 피어오르는 연기처럼 시커멓

---

10) 스루가(駿河). 현재의 시즈오카현(靜岡縣)이다.

게 타들어가고, 소맷자락은 파도 몰아치는 기요미 관문소마냥 젖어 있었다. 언제까지 이런 목숨 부지하고 살아야 하는가 싶어 시름에 겨 워 눈물 마를 날이 없었다. 앞날도 미덥지 못하고 국화꽃 잎새 끝에 맺힌 이슬 같은 몸, 이제 어떻게 되는 건지하며 중얼거렸다.

> 솔바람에 구름 걷히듯 후련히 세상 밖으로 나서
> 휘영청 밝은 달을 언제 한번 보려나

바리때 처녀는 이렇게 읊고 발 씻을 물을 끓였다.

중장에게는 아들이 넷이나 되는데 그 중 위의 셋은 모두 장가를 갔 다. 막내아들 사이쇼도노온조시[11]는 용모가 출중하고 기품 있는 도령 으로 마치 그 옛날 겐지 대장[12]이나 아리와라노 나리히라[13]에 버금갔 다. 그는 봄에는 꽃그늘 아래에서 날을 보내며 꽃이 지는 것을 슬퍼 하고, 여름이 되면 물 속 수초를 떠올리며 시원함을 즐겼다. 가을에 는 뜰에 떨어져 쌓이는 단풍낙엽을 바라보며 달빛아래서 밤을 지새우 고, 겨울에는 저 멀리 갈대 사이로 살얼음 언 못가에 날개를 접고 뜬

---

11) 사이쇼도노온조시(宰相殿御曹司). 사이쇼, 즉 재상(宰相)은 참의(參議, 정4품)를 지칭하며, 도노(殿)는 이름이나 관직 등에 붙여 부르는 높임말이고, 온조시(御曹 司)는 귀족 자제가 머무는 방이나 그곳에 거주하는 사람을 높여 일컫는 말이다. 하지만 본문에서는 '사이쇼도노온조시'를 특정인물을 지칭하는 고유명사로 보았 다. 이하 '사이쇼'라고 약칭한다.
12) 겐지 대장(源氏大將). 〈겐지 이야기(源氏物語)〉에 등장하는 주인공으로 보통은 히카루 겐지(光源氏)로 통칭된다. 작자는 무라사키 시키부(紫式部)이다. 히카루 겐지를 중심으로 한 당시 귀족들의 다채로운 사랑과 영화(榮華), 인생무상함을 아름다운 필치로 그려낸 걸작이다.
13) 아리와라노 나리히라(在原業平, 825~880). 헤이안 시대의 귀족이자 가인(歌人) 으로 〈이세 이야기(伊勢物語)〉(9세기경)에서 주인공으로 가탁된 인물이다.

잠 자는 원앙처럼 잠 못 이루며 외롭게 지냈다. 긴 옷자락을 방바닥에
겹쳐 깔아 함께 밤을 지새울 아내도 없이 홀로 마음 내키는 대로 살고
있었다. 형들과 어머니는 이미 목욕을 끝냈지만 혼자 남아 밤이 이슥
하여 목간으로 들어갔다.

"씻으시도록 데운 물을 옮겨드리겠습니다."

바리때 처녀의 목소리가 나긋나긋하게 들렸다. '저, 씻으실 물……'
하며 내미는 손과 발이 곱고 수수하면서도 품위가 있어 보여 묘한 기
분이 들었다.

"이봐요, 바리때 처녀! 이 안에 아무도 없는데 뭐 어때요. 등에 물
좀 끼얹어 주시오."

이 말에 바리때 처녀는 새삼스레 예전의 일이 떠올랐다. 그때는 이
런 일을 아랫것에게나 시켰는데 막상 닥치니 등물을 어떻게 해야 하
는지를 몰랐다. 하지만 주인이 시키는 일이라 따를 수밖에 없어 목욕

하는 데로 올라갔다. 사이쇼는 가까이에 온 바리때 처녀의 모습을 보고 생각했다. 가와치 지방이 좁다고는 하지만 많은 사람들을 보아 왔는데 이처럼 나긋하고 사랑스러우며 고운 자태를 지닌 여인은 여태 본 적이 없었다. 어느 해였던가. 교토로 나들이 갔을 때 오무로 사원[14]에서는 벚꽃놀이가 한창이었다. 신분에 귀천 없이 많은 사람들이 문전성시를 이루고 있었을 때도 바리때 처녀와 같은 아리따운 여인은 보지 못했다. 아무리 생각해도 이 여인을 그냥 내버려 둘 수가 없었다.

"바리때 처녀! 막 물든 다홍빛이 바랜다한들 그대를 향한 내 마음은 변하지 않을 것이오."

사이쇼는 천년을 견디는 소나무나 장수하는 거북이에게 맹세하듯 굳게 언약을 하고 여인을 품에 안았다. 바리때 처녀는 너무 갑작스러워 처마 옆 매화나무에 앉은 휘파람새가 머뭇머뭇 떠나지 못하고 망설이는 양 사이쇼의 말에 이렇다 할 대답을 찾지 못했다.

거듭 사이쇼가 말문을 열었다.

"허허 거참. 다쓰타가와강[15]의 단풍은 아닐진대, 단풍색을 한 치자가 말이 없듯[16] 어찌 아무런 대답이 없소? 묵묵히 서 있는 바위 밑 소나무와 같으니 말이오. 퉁기다 만 거문고에 누가 다시 손을 내미는 사람이라도 있는지……. 혹여 편지를 주고받는 사람이라도 있다면 나는 그만 마음을 접을 것이오. 그래도 당신이기에 결코 원망일랑 하지 않

---

14) 오무로(御室) 사원. 교토에 있는 사찰로 지금의 닌나지(仁和寺)이다. 벚꽃 명소로 유명하며 아미타여래불이 안치되어 있다.
15) 다쓰다가와강(龍田川). 나라현 이코마군 이카루가초(奈良縣 生駒郡 斑鳩町)에 있는 강으로 단풍 명소로 유명하다.
16) 치자색(梔子色). 일본어로는 구치나시이로(くちなしいろ)라고 하는데, '입 없는 색'이라는 뜻을 가진 말로 말이 없는 것에 비유된다.

으리다. 그래, 어찌 하겠소?"

들에 방목하는 말이 길들여져 주인에게 의지하는 모양으로, 오갈
데 없는 외로운 자신에게 이렇듯 따뜻한 정을 베풀어주니 마음 든든
하면서도 막 부부라는 인연을 맺는 터라, 좋은지 어떤지 알 수 없어
바리때 처녀는 어찌 대답해야 할지를 몰랐다. '누가 손을 내미는 사람
이라도 있는지?'라는 말에 얼굴에 홍조를 띄며 말했다.

"거문고의 현이 모두 끊어져 달리 누가 켜줄 이도 없습니다. 앉으나
서나 허망하게 떠나신 어머니를 생각하면 그저 가슴 아플 따름입니
다. 그렇다고 속세를 버리지도 못하고 또 죽지도 못한 채 버젓이 살아
남아 고달픈 세상에 살고 있으니 한스럽기만 합니다."

사이쇼는 참으로 일리가 있는 말이라 생각되어 거듭 다짐하듯 말했
다.

"지당한 말이오. 유위전변[17]의 덧없는 세상에 태어난 것은 어찌할
수 없는 일이오. 이 세상의 고통이 전생의 업보일진대 신령님과 부처
님을 원망하며 그저 허송세월만 보내고 있는 것이라오. 그대도 전생
에서는 들판의 어린 나뭇가지를 꺾고, 사랑하는 이를 억지로 떼어 놓
아 마음 아프게 한 일이 있어서, 그 업으로 인해 어린나이에 어머니를
여의고 그리움에 지쳐 밤마다 눈물에 젖는 것이 아니겠소. 나도 나이
스물이 되었건만 지금껏 처도 없소. 홀로 잠자리에 들어 선잠을 자며
외롭게 지내는 것도 전생에 당신과 인연이 있어 그 업을 다하지 못했
기에 돌고 돌아 지금 여기 있는 것이라오. 세상에 아름다운 여인이 많

---

17) 유위전변(有爲轉變). 불교용어로 이 세상의 모든 사물은 인연에 의해 임의로 이
루어져 있어 언제나 변한다는 뜻이다.

다 한들 인연이 아니면 눈길도 가지 않는 법이라오. 당신과는 인연이 남다르기에 이토록 내 마음이 가는 것이오. 처음 인연을 맺은 그 옛적부터 지금 마주하기까지 하는 말은 앞으로도 변하지 않을 것이오. 고래가 머물다 가는 외딴 섬, 범이 뒹구는 황야, 천길 바다 속, 오도윤회,[18] 육도사생[19]의 미혹 세계와 같은 부부관계, 죽음의 강 언덕을 넘는다 해도 우리 사이는 변하지 않을 것이오."

그리고는 바리때 처녀와 깊은 정을 나누었다. 바리때 처녀도 파도에 밀려 배가 저절로 항구에 닿듯 그의 진정어린 말에 이끌려 어느새 자신도 모르게 그날 밤은 몸을 내맡겼다. 그러나 서로 앞날은 언약했어도 금방 파낸 광석마냥 장차 어떻게 될는지 걱정이 앞서 소문이 나기 전에 어디로든 떠나야겠다는 생각에 마음이 무거웠다.

사이쇼는 그런 바리때 처녀를 가엽게 여겼다.

"이보오, 바리때 처녀! 뭘 그리 슬퍼하오. 그대와 내가 한 몸이 된 이상 소홀히 하지 않을 것이오. 날이 저물거든 또 오리다."

그리고 낮에도 때를 봐서 들러서는 '이것으로 시름을 달래라'며 회양목베개와 저(笛)를 두었다. 그때 바리때 처녀는 부끄러워서 어찌할 바를 몰랐다. 자신이 예사 사람이었다면 아스카가와강[20]의 여울처럼 밤사이에 마음이 변한다 하더라도 의지하련만. 있어도 아무 쓸모없는

---

18) 오도윤회(五道輪廻). 업의 인연에 따라 지옥, 아귀, 축생, 인간, 천상을 떠도는 것을 이른다.

19) 육도사생(六道四生). 육도는 중생이 지은 업에 따라 태어나는 곳으로 지옥, 아귀, 축생, 아수라, 인도, 천도를 말하며, 사생은 생명체가 몸을 받는 네 가지로 태생(胎生), 난생(卵生), 습생(濕生), 화생(化生)을 말한다.

20) 아스카가와강(飛鳥河). 나라현 다카이치군(奈良縣 高市郡)과 이키군(磯城郡)을 흐르는 강으로 물살이 빨라 흐름이 쉽게 변하므로 무상함을 예로 들 때 인용되기도 한다.

이런 모습으로 저 사람을 만나게 되다니. 부끄럽고 착잡한 마음에 그저 슬퍼 울뿐이었다. 사이쇼가 그를 바라보니 흡사 복사꽃 오얏꽃 내음 속에 달이 구름사이로 얼굴을 내민 듯하고, 이월 중순에 수양버들이 봄바람에 산들 나부끼듯 우아하고, 울타리 안에 패랭이꽃이 이슬 무게에 못 이겨 꺾인 듯 가냘팠다. 부끄러워하며 옆으로 살짝 돌린 얼굴에는 애교가 넘치고 아리따워 양귀비나 이부인도 어이 이 여인에게 비하겠냐며 신기해했다. 같은 값이면 머리에 쓴 바리때를 벗기고 보름달과 같은 훤한 얼굴을 봤으면 하는 생각이 간절했다.

사이쇼는 목간 옆 장작이 쌓인 방을 나와 자신의 방으로 돌아왔는데 오면서 처마 옆에 핀 매화꽃을 바라보면서도 마음은 바리때 처녀에게 가 있었다. 그새 처녀는 얼마나 허전해 할지. 오늘 저녁 해지기를 기다리는 것이 스미요시[21]에 막 뿌리를 내린 오엽송이 천년을 기다리는 시간보다 더 지루하게 느껴졌다.

바리때 처녀는 자신의 방이 회양목베개와 저를 놓아둘 그런 곳이 못되는지라 오히려 버거웠다. 차츰 새벽을 밝히는 닭울음소리가 들려오고 아침안개가 채 걷히기도 전인데 벌써 밖에서 다그치는 소리가 들려왔다.

"바리때, 씻을 물은 어찌 되었느냐?"

"물은 다 끓었습니다. 쓰십시오."

그는 대답을 하고는 장작을 쪼개서 지피는 연기에 괴로워하며 이렇게 읊었다.

---

21) 스미요시(住吉). 현재의 오사카시 스미요시구(大阪市 住吉區)이다. 스미요시 다이샤(住吉大社)에 있는 오엽송은 유명하여 와카(和歌)에서도 읊고 전통연극인 노(能)에도 등장한다.

넙고 내워라 장작 쪼개 태우는 저녁연기
그리운 임에게 어이 흘러드는가

　　　·

이 노래를 목간 일을 맡고 있는 사내가 듣고는 저 바리때의 머리모
습은 남과 다른데 말하는 목소리며 웃는 입이며 매끈한 손발까지도
이 집에서 오래 기거한 여인들도 미치지 못한다는 생각에 그를 가까
이 하고 싶은 마음이 굴뚝같았다. 하지만 머리 쪽을 보면 한심하여 입
밑으로는 보이지만 코 위로는 보이지 않으니. 만약 저것을 가까이 하
면 사람들에게 얼마나 웃음을 살지 생각만 해도 창피스러워 쉬이 다
가서지 못하는 것도 당연했다.

봄날 햇살이 길다고는 하나 어느새 해도 기울어 노을이 지자 박꽃
이 피어나듯 춘흥이 일었다.[22] 사이쇼가 평소보다 화려하게 차려입고
목간 옆 장작더미 방 근처를 서성거렸지만 바리때 처녀는 이를 알아
차리지 못했다. 날이 저물면 오겠다고 약속을 했는데 초저녁도 지나
고 마을에서는 사람을 쫓는 개 짖는 소리가 났다. 바리때 처녀는 사이
쇼가 올 때까지 위안으로 삼으라며 두고 간 베개와 저를 들고는 읊었
다.

내 오마며 두고 간 회양목베개와 피리
어이 마디 많아 짧은 잠자리인지

사이쇼가 이에 곧바로 화답을 했다.

---

22) 박꽃은 흔히 변하기 쉬운 사람의 마음에 비유되기도 하는데, 여기서는 활기가 차
고 흥겨운 것을 나타낸다.

회양목베개 베고 몇몇 천년 함께 누워보세
맺은 부부의 정 끊어질 리 없으리니

그리고는 두 사람은 비익조가 되고 연리지가 되어 깊은 정을 주고
받았다. 그런데 둘 사이의 일은 숨기려 해도 홍화(紅花)가 쉬이 눈에
띠듯 사람들에게 알려졌다.

"사이쇼 도련님께서 바리때에게 다니시다니 참 어이가 없네. 귀하
든 천하든 남자가 여자를 찾아다니는 것은 흔한 일이라 도련님은 그
렇다손 치더라도, 저 바리때년이 도련님을 꼬드기니 그게 괘씸하기
짝이 없단 말이야!"

모두들 바리때 처녀를 미워하지 않는 이가 없었다.

하루는 사이쇼에게 손님이 찾아와 밤늦도록 대접하느라 오는 시간
이 늦어버렸다. 바리때 처녀는 기다림에 지쳐 이렇게 읊었다.

임 오려나 들뜬 마음에 하늘만 바라보다
눈물에 소맷자락 젖어 달님 깃들었네

운치 있는 노래에 사이쇼는 바리때 처녀가 점점 더 예뻐 보이고 정
이 가서 버릴 생각은 추호도 없는 것 같았다. 예로부터 남의 일에 수
근 대기를 좋아하는 것이 세상인심이기에 사람들은 이런 사이쇼를 보
고 웃어댔다.

"도련님께서는 아무리 세상에 여자가 없어도 그렇지. 어찌 저러시
는지 그 마음을 알다가도 모르겠네."

사이쇼의 어머니가 수근 대는 소리를 들었다.

"당치도 않는 이야기를 다들 하는구나. 유모가 가서 좀 알아보고 오게."

그러자 유모가 갔다 와서 전했다.

"도련님의 일은 사실이었습니다."

어머니는 한동안 말을 잇지 못하다가 유모에게 분부했다.

"이보게 유모! 무슨 수를 써서라도 사이쇼를 설득시켜 바리때한테 가지 못하도록 어찌 좀 해 보게나."

유모가 분부를 받고 사이쇼에게 가서 아무렇지도 않은 듯 이야기를 꺼내며 달랬다.

"그런데 도련님! 그게 사실은 아닐 터이지만 목간의 물 끓이는 바리때한테 다니신다는 소문이 있던데요……. 정말 그런 일은 없겠지만, 어머니께서 그 얘기를 들으시고 만약 사실이라면 아버님 귀에 들어가기 전에 바리때를 내쫓아야겠다고 하십니다."

"대충 각오는 하고 있던 일이네. 한 나무 그늘에서 함께 비를 피하고 한 줄기 강물을 떠 마시는 것도 타생(他生)의 인연[23]이라고 들었네. 바리때 처녀와는 그러한 인연이 있었기에 이렇게 만나서 부모님의 노여움을 사게 되나 보네. 천리 길 낭떠러지에 떨어진다 한들 부부의 인연은 그리 간단히 끊지를 못하지. 부모님께서 바라는 그런 믿음직스런 자식은 못 되네. 그래서 노여움을 사서 바로 무간지옥(無間地獄)에 떨어지는 일이 있어도 바리때 처녀와 함께 한다면 무엇이 힘들

---

23) '일수음 일하류 타생연(一樹陰 一河流 他生緣)'이라 하여, 모르는 사람과 한 나무 그늘아래에서 비를 피하고 한 강물을 떠 마시는 것도 전생의 인연이라는 뜻으로, 일본고전문학에서 자주 표현되는 말이다. 한국의 '옷깃만 스쳐도 인연'이라는 속담과 비슷하다.

겠는가. 행여 부모님께서 저희 이야기를 들으시고 지금 당장 때려죽인다 해도 저 바리때 처녀를 위해서라면 내 목숨은 추호도 아깝지 않네. 그 사람을 버릴 마음은 털끝만큼도 없으니. 부모님 뜻을 헤아리지 못하고 쫓겨나 그 어떤 허허벌판 첩첩산중에 살게 되더라도 바리때 처녀와 함께라면 능히 감당할 수 있다네."

그리고 사이쇼는 방에서 나와 장작이 쌓인 방으로 들어갔다. 평소에는 사람들의 눈을 꺼렸지만 유모가 다녀간 뒤로는 하루 종일 바리때 처녀의 방에서 나오지 않았다. 형들도 일가친척이 모이는 자리에는 얼씬도 못하도록 했지만 싫은 내색은 비치지 않았다. 급기야는 남의 시선조차 아랑곳하지 않고 조석으로 들락거렸다.

"아무리 그래도 그렇지. 저 바리때가 어떤 요물이길래 우리 아들을 잡아먹으려 든단 말이냐! 유모,[24] 어찌하면 좋겠나?"

어머니 말에 유모는 아뢰었다.

"우리 도련님은 아무 일도 아닌 것에 정을 베풀고 부끄러움도 타며 예삿일에도 조심하는 성격인데 저 바리때 처녀 일에는 창피해하는 기색이 없으시네요. 그렇다면 세 서방님의 아씨들을 한자리에 모이도록 하여 서로 자기자랑을 해보라 하심이 어떠신지요? 그리하면 저 바리때는 부끄러워서 여기서 나갈 것입니다."

어머니는 유모의 말에 그도 그럴 성싶었다. 그래서 아무 날 아무 때에 며느리들의 자랑잔치를 벌인다고 입소문을 내게 했다. 사이쇼는 바리때 처녀에게 가서 목메는 소리로 말했다.

---

24) 저본에는 렌제(冷泉)로 되어 있다. 이야기문학에서 렌제는 시중드는 여인의 이름으로 자주 등장하지만 이 작품에서는 유모를 지칭한다.

"이봐요. 우리를 내쫓기 위해 며느리 자랑잔치를 한다고 퍼뜨리고 있다는구려. 어찌해야 하오."

바리때 처녀도 눈시울이 뜨거워졌다.

"저 때문에 도련님을 몹쓸 사람으로 만들어서야 되겠습니까? 제가 어디로든 사라지겠습니다."

"당신과 헤어져서는 잠시라도 살 수 없다오. 함께 떠나십시다."

사이쇼의 말에 바리때 처녀는 어찌하면 좋을지 분별이 서지 않아 그저 울고만 있었다.

어느덧 시간은 흘러 며느리 자랑잔치 날이 되었다. 안쓰럽게도 사이쇼가 바리때 처녀와 둘이서 떠나려고 할 즈음 날이 밝아 왔다. 신어 본 적 없는 짚신에 끈을 동여매고 나니 부모님과 정든 곳을 떠나야 한다는 서운함에 눈물이 앞을 가렸다. 정처 없이 나서기가 서글프고 다시 한 번 부모님을 뵙고 싶으나 언젠가 한 번은 헤어지기 마련인지라 마음을 접었다. 바리때 처녀가 그 마음을 헤아리고 말했다.

"저 혼자 가겠습니다. 인연이 있다면 또 다시 만날 것입니다."

"원망스러운 말씀만 골라서 하시는구려. 어디가 되든지 함께 가십시다."

> 당신을 향한 애타는 심중을, 바위 틈새로
> 콸콸 샘솟는 물에 견주어나 보오

사이쇼가 노래를 읊고 나서려는데 바리때 처녀가 답가를 했다.

> 내 그대를 향한 심중도, 바위 틈새로
> 콸콸 샘솟는 물을 볼 적마다 애타느니

그리고 또 한 수를 읊었다.

정녕 그러하면 들판의 잡초도 되기 싫으니
임을 이슬이라 여기어 함께 사라지리라

그에 사이쇼도 응했다.

길가 싸리잎 끝자락에 맺힌 이슬마냥 짧지만
인연 맺어 그 정을 아니 나도 한마음이라

이렇게 주고받고는 곧장 떠나려고 하였지만 그래도 아쉬움이 남아 발길이 떨어지지 않고 눈물도 그치지 않았다. 그렇다고 이대로 머물 수 없는 일이었다. 어느새 날도 밝아 눈물을 머금고 발걸음을 재촉하려는데 바로 그때 쓰고 있던 바리때가 앞으로 '툭' 떨어졌다. 사이쇼는 깜짝 놀랐다. 그리고 바리때 처녀의 얼굴을 찬찬히 들여다보니 그 생김새는 구름사이로 얼굴을 내민 보름달과 같고, 찰랑이는 머릿결이며 눈부신 자태는 무엇에 비할 수 없을 만큼 아리따웠다. 사이쇼가 흐뭇해하며 떨어져 있는 바리때를 주워들자 안에는 통 두 개가 끼워져 있었는데 황금뭉치, 황금 잔, 은 술병, 사금으로 만든 귤 세 개, 은으로 만든 헛개나무 열매자루, 열두 겹 기모노, 선홍빛 바지 하카마 같은 보물이 수없이 들어 있었다.

이 모든 것이 어머니가 하세데라절의 관세음보살을 믿으신 공덕이라고 생각하니 기쁘면서도 한편으로는 눈물이 앞을 가렸다.

"이런 과보를 입다니 놀라운 일이오. 이제 이 집을 나가지 않아도 되겠구려."

두 사람은 며느리 자랑잔치 자리에 나갈 준비를 했다. 이미 날은 다 밝아 바깥은 소란스러웠다.

"이런 잔치에 저런 흉측한 꼴을 해서 나오려 들다니 참나. 어서 안 떠나고 뭐 하자는 거지?"

사람들은 조롱 섞인 말을 내뱉었다.

그러는 사이에 서두르라고 재촉하는 소리가 들렸다. 큰며느리가 먼저 고급스러운 옷차림으로 나왔는데 나이는 스물 두셋 되어 보였다. 때는 구월 중순이라 안에는 흰 속옷을 입고 그 위에는 색색이 기모노를 걸치고 아래는 다홍빛 하카마를 끌듯이 입고 있었다. 키보다 길게 늘어뜨린 머리카락은 윤기가 도는 것이 주위가 빛날 정도였다. 부모에게 드릴 선물은 당릉(唐綾) 열 필과 기모노 열 벌로 널따란 받침에 얹어 놓았다.

둘째며느리는 나이가 스물 정도로 남달리 고상하고 품위가 있어 보였다. 머리길이는 키만큼 오고, 안에는 명주 겹옷을 입고 금박은박을 입힌 화려한 기모노를 위에 걸쳤으며, 홍매가 자수된 하카마를 끌듯이 입고 있었다. 선물로는 기모노 서른 벌을 가져왔다.

셋째며느리는 가장 어린 나이로 열여덟 정도였다. 머리길이는 키에 못 미치지만 자태는 달도 꽃도 부러워할 정도였다. 옷차림은 안에 홍매빛깔 속옷을 입고 그 위에 당릉을 걸쳤다. 선물은 물들인 천 열다섯 필을 내놓았다.

세 며느리들은 누구에게도 뒤지지 않을 만큼 아름다웠다. 그런데 그 자리에서 좀 멀리 떨어진 곳에 바리때 처녀를 앉히려고 헤진 다다미 방석이 놓여있었다.

"며느리 셋이 어쩜 저리 고운지. 이제 볼품없는 바리때가 나올 테니 모두 웃을 준비나 하지요?"

사람들은 수군거리며 처마 끝에 앉은 새가 날개를 가지런히 하듯 저마다 자세를 고쳐 앉았다. 며느리들도 이제야 저제야 하며 기다렸다.

"바리때가 창피를 당하지 않도록 어디든 가버렸으면 좋았을 텐데. 가엾게도. 뭣 하러 며느리 자랑잔치를 한다고 말을 꺼냈던고. 저들이 싫든 좋든 모른 체하고 있을 것을 말이야……."

시아버지가 한탄을 하였다.

기다리는 중에 아직 준비가 되지 않았느냐며 바리때 처녀에게 사람을 여러 번 보냈다.

"이제 곧 듭니다."

사이쇼가 대답을 했다. 사람들은 바리때가 나타나면 웃을 태세로 떠들어댔다. 이윽고 바리때 처녀가 나왔는데 첫 인상은 살포시 떠오르는 달에 가느다란 구름이 드리운 듯 은은한 정취를 풍겼다. 얼굴도 귀티 나고 예뻤다. 자태는 이른 봄에 핀 수양벚꽃이 이슬 사이로 살짝 얼굴을 내밀어 아침햇살을 받은 듯 빛이 났다. 눈썹은 곱게 그어 안개처럼 은은하고, 귀밑털은 애간장을 녹이듯 부드러워 가을 매미 깃 그대로였다. 얼굴선은 매끄러운 것이 봄꽃이 시샘하고 가을 달빛이 질투할 만큼 요염했다. 나이는 열대여섯 정도였다. 옷은 안에는 하얀 연견을 입고 그 위에 당릉, 홍매빛 자색빛의 기모노를 겹쳐 입고 선홍빛 하카마는 끌듯 약간 길게 입고 있었다. 물총새 깃인 양 윤기 나는 머리카락을 한들거리며 걷는 모습은 마치 하늘에서 선녀가 강림했는가 하는 생각이 들었다. 사람들이 한참을 기다리다가 그 모습에 놀라 눈이 휘둥그레지면서도 다른 한편으로는 흥이 깨져버렸다. 사이쇼는 속으로 몹시 기뻤다. 바리때 처녀가 방 한쪽에 마련해둔 자리에 가 앉으려 하니 시아버지 삼품 중장이 말을 꺼냈다.

"하늘에서 내려온 선녀를 어찌 아랫자리에 앉히겠느냐?"

바리때 처녀를 위로 불러올렸다. 보기에도 너무나 사랑스러워서 시어머니 왼편 무릎 맡으로 오게 했다. 바리때 처녀가 마련한 선물은, 시아버지에게는 은대에 황금 잔을 얹고 황금으로 세공한 감귤 세 개, 금 열 냥, 당릉, 기모노 서른 벌, 당금(唐錦) 다섯 필, 비단두루마리 오십 필 등을 커다란 받침에 수북이 쌓아 올렸다. 시어머니에게 줄 선물은 염색한 포목 오십 필, 황금뭉치, 은제 헛개나무 열매자루를 황금대에 얹어 올렸다. 사람들이 보기에도 그의 자태는 말할 것도 없고 옷차림이나 선물에 이르기까지 뛰어난 것도 뛰어나지만 감히 어느 누구도 흉내 내지 못할 정도라 놀라울 따름이었다. 세 며느리들도 처음 들어왔을 때의 모습은 하나같이 아름다웠지만 바리때 처녀의 모습에 견주면 마치 부처가 악마나 이단자와 마주앉은 것이나 다름없었다.

"어디 좀 훔쳐볼까?"

형들이 방안을 들여다보았다. 방안에 있는 바리때 처녀는 주위가 훤할 만큼 눈부신 절세가인이었다. 참으로 신기하여 뭐라 말로 표현할 길이 없었다. 양귀비도 이부인도 어찌 이보다 아름다울 수 있으랴. 인간으로 태어난 이상 이런 여인과 하룻밤이나마 함께하여 추억으로 간직하고 싶다며 부러워했다. 시아버지 중장도 아들이 그토록 목숨 걸고 사랑하는 것도 당연하다고 여겼다.

잠시 후 술잔을 올리는데 시어머니가 마시고 바로 바리때 처녀에게 내밀었다. 그런 후 거듭 술잔이 오가자 며느리 셋이 담합하여 말을 꺼냈다.

"겉모습은 꾸며 놓으면 귀한지 천한지 구분이 되지 않습니다. 관현도 켜보게 하고 화금(和琴)도 켜보게 하세요. 화금은 각별하여 근본부터 배우지 않으면 쉽사리 켜기 어렵답니다. 도련님께서는 화금에 조예가 깊으시니 나중에는 가르칠 수 있어도 오늘밤 내로는 가르칠 수 없으실 겁니다. 그럼, 시작해 보지요."

첫째며느리는 비파를 켜고, 둘째며느리는 생황을 불었다. 시어머니는 북을 치고, 바리때 처녀에게는 화금을 켜도록 했다.

"이런 악기들은 오늘 처음 들어보는지라 전혀 알지 못합니다."

바리때 처녀는 극구 사양을 했다. 옆에서 지켜보던 사이쇼는 대신 켜 주고 싶은 마음이 굴뚝같았다. 바리때 처녀는 말은 그렇게 했어도 이런 생각이 들었다. 나를 되먹지 못한 천한 사람으로 여겨 이렇듯 업신여기는 모양인데, 나도 그 옛날 어머니가 애지중지 길러주셨을 적에는 조석으로 배워 손에 익은 음악이지. 그래서 그는 한 번 켜 보리라는 마음이 들었다.

"그렇다면 켜 보겠습니다."

그리고는 곁에 있던 화금을 끌어당겨 세 번이나 멋지게 연주했다. 사이쇼도 그의 연주에 몹시 기뻐했다. 며느리 셋은 바리때 처녀의 가락을 듣고는 다시 담합을 했다. 노래를 읊고 적는 것도 도련님이 나중에 가르칠 수 있겠으나 지금 당장은 가르치지 못할 터인즉, 노래를 읊게 하여 골려주고자 했다.

"이것 좀 보세요, 바리때 처녀! 벚나무 가지에 등나무 꽃, 봄과 여름은 서로 이웃하며, 가을은 국화꽃이 각별해요. 이들을 소재로 한 수 읊어 보세요."

"아, 어려운 것을 하라고 하십니다. 제가 할 수 있는 것이라고는 그간 목간에서 일하며 익힌 수차로 물을 퍼 올리는 일 뿐이었습니다. 다른 재주는 없습니다. 노래라는 것을 어찌 읊어야 하는지 전혀 모릅니다. 먼저들 해 보십시오. 그러면 저도 어떻게든 읊어 보겠습니다.”

“바리때 처녀는 오늘 이 자리에 손님으로 오셨으니 먼저 하시지요.”

며느리들이 다그쳤다. 바리때 처녀는 하는 수 없이 한 수 읊었다.

> 봄은 벚꽃, 여름은 탱자꽃, 가을은 국화꽃
> 어디에나 이슬 앉으면 괴로우리

일필휘지로 써 내려가는 솜씨가 마치 도후[25]의 필치인가 싶어 눈이 휘둥그레졌다.

“필시 이 사람은 그 옛날 다마모노 마에[26]가 환생한 게 틀림없어. 놀랄 일이로군.”

사람들도 감탄해 마지않았다.

또다시 술이 나오고 시아버지가 잔을 비웠다. 그리고 바리때 처녀에게 잔을 건네며 말했다.

“술 한 잔 했으니 내친 김에 말하마. 내가 가진 땅은 모두들 칠백 정(町)이라 하나 실은 이천삼백 정이나 된다. 그 중 일천 정은 바리때 처녀 너에게 주마. 또 일천 정은 사이쇼에게 주고. 남은 삼백 정은 너희 셋이 백 정씩 나누어 갖도록 해라. 이것이 부족하다고 여기면 내 자식으로 생각지 않겠다.”

형들은 아버지의 처사가 형편에 어긋난다고 생각하면서도 분부인

---

25) 도후(道風). 오노노 도후(小野道風, 894~967)를 말한다. 10세기에 활동한 서예가로 중국적인 서풍에서 탈피하여 일본 서예의 기초를 다진 인물이다.

26) 다마모노 마에(玉藻の前). 도바 왕(鳥羽天皇, 재위 1107~1123)을 모시던 절세미녀로 구미호가 둔갑했다고 전해진다.

지라 어쩔 수가 없었다. 앞으로는 사이쇼를 적자로 여기실 것이라고 생각했다.

이윽고 바리때 처녀는 유모를 비롯해 시중드는 여인 스물넷을 거느리게 되어 이들을 데리고 사이쇼의 거처로 옮겼다. 하루는 사이쇼가 부인[27]에게 물었다.

"아무래도 당신은 범인(凡人)은 아닌 듯하구려. 어느 부모님 밑에서 자랐는지 말해 봐요."

부인은 지난날의 일을 다 털어놓으려 해도 계모를 험담하는 것이 되니 이런저런 핑계를 대며 얼버무렸다. 그 후 부인은 지극정성으로 어머니의 극락왕생을 빌었다. 이렇게 세월을 보내는 중에 자식도 많이 얻어 기쁘기 이를 데 없었다. 비록 자신은 버려진 신세이지만 좋은 일이 있을 때마다 아버지 생각이 절로 나고 아이들도 보여드리고 싶었다.

한편 고향에서는 계모가 탐욕스러운데다 무지막지하여 밑에서 일하는 사람들은 뿔뿔이 흩어져 도망가고, 나중에는 가계마저 기울어 딸 하나 있는 것도 청혼하는 남자 하나 없었다. 부부 사이도 나빠져 아버지는 이런 가난한 살림에 더 붙어 있어 뭣 하리, 이제 여한이 없다며 정처 없이 수행 길에 나섰다. 곰곰이 돌이켜 생각해보면 죽은 전부인 사이에 자식 없는 것이 한이 되어 하세데라절에 참배해서 지극정성으로 기도를 올린 덕에 관세음보살의 가피를 입고 딸 하나를 얻었는데, 그 아이 어미가 죽은 뒤 뜻하지 않게 흉측한 꼴이 되어 버렸

---

27) 바리때 처녀는 며느리 자랑잔치에서 부모를 비롯해 모두에게 인정을 받은 후 재상의 거처로 옮겨 부부가 되었으므로 이후 '부인'의 칭호를 붙여 의역한다.

다. 배 아파 낳은 부모와 그러지 못한 부모는 다른지라 계모가 무섭게
도 이것저것 험담을 해대니 그것이 사실인 줄 알고 아이를 쫓아냈으
니 불쌍하기 짝이 없었다. 딸아이가 살아있다면 어느 어촌에 흘러들
어 얼마나 고생을 하고 있을지 생각할수록 가여워 억장이 무너졌다.
아버지는 수행 길에 하세데라절에 참배하여 온갖 정성을 다해 기도하
였다.

"우리 딸아이가 아직 이 세상에 살아있다면 한번 만나게 해 주소
서."

사이쇼는 그 후 왕의 의중에 들어 야마토,[28] 가와치, 이가[29] 세 지방을
하사받았다. 이런 경사스러운 일이 있어 하세데라절에 참배하였다. 자
식들을 비롯해 일가사람들이 금과 은으로 치장하고 꽃으로 화려하게
장식하여 떠들썩하게 갔다. 때마침 부인의 아버지가 법당에서 경을 외
고 있었는데 측근들이 그를 보고 법당 안이 비좁다며 외쳤다.

"거기 있는 수행자는 한 켠으로 비키시오."

그리고는 툇마루 바깥으로 쫓아냈다. 아버지는 옆으로 비켜서며 어
린 공자들이 들어오는 곳을 보고는 하염없이 울었다.

"수행자는 무엇 때문에 그리 웁니까?"

사람들이 묻기에 자신의 가계내력을 자세히 들려주고는 말했다.

"죄송스러우나 이 공자들께서는 제가 찾고 있는 우리 딸을 꼭 닮았
습니다."

사이쇼 부인이 이 말을 듣고 말했다.

---

28) 야마토(大和). 현재의 나라현(奈良縣)이다.
29) 이가(伊賀). 미에현(三重縣) 서쪽 지역을 일컫는다.

"그 분을 이쪽으로 뫼시게."

수행자를 툇마루 위로 불러올렸다. 나이가 들고 얼굴이 쇠약해보였지만 자신의 아버지가 틀림없었다.

"아버지! 제가 바로 옛적에 바리때라고 하던 그 딸입니다."

부인은 아버지를 한 눈에 알아보고 남의 눈도 개의치 않고 밖으로 뛰쳐나갔다.

"이게 꿈이냐 생시이냐? 이건 오로지 관세음보살께서 보살피신 덕이구나."

"그러고 보니 부인께선 가와치 가타노의 사람이었군요. 역시 예사 사람으로는 보이지 않았어요."

옆에서 지켜보던 사이쇼가 말했다.

사이쇼는 아들 하나와 장인어른을 가와치 지방의 태수로 삼았다. 이가 지방에는 대저택을 지어 자손대대로 오랫동안 부귀영화를 누리며 살았다. 이 모든 일은 하세데라절의 관세음보살에게 빌어 쌓은 공덕이었다. 관세음보살을 믿으면 지금도 그 영험이 나타난다고 전해진다. 이 이야기를 전해들은 뭇사람들 누구나 대자대비하신 관세음보살의 명호를 열 번씩 외며 늘 기도하기를 바란다.

나무대자대비관세음보살

이생과 내생의 평안을 정성스레 빌 때마다
크나큰 자비를 베푸시는 관세음보살

4/참외 색시

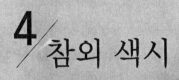

참외 아가 태워 신행길 나서야 할 가마에
몹쓸 마귀 할멈 올라타고 가네

참외 색시

그 옛날 신이 다스리던 시대가 지나고 인간의 세상이 되어 얼마 지났는지 모를 즈음이었다. 야마토 지방 이소노카미[1] 부근에 가난한 할아버지와 할머니가 살고 있었다. 두 사람은 서로 백년해로를 언약하고 긴 세월을 살았지만 슬하에 자식이 없어 밤낮으로 이를 근심하고 슬퍼하였다. 참외농사를 지으며 하루하루를 근근이 살아왔는데, 나이도 점점 들어가고 살날도 산 끝자락이라 이제 와서 돌이켜 본들 부질없는 일이었다. 전생의 업보라 생각하니 슬프지만 안 되는 일이라 그저 한숨만 나올 뿐이었다.

어느 날, 할아버지는 농사지어 놓은 참외밭으로 가서 아주 예쁜 참외 하나를 따서 할머니에게 보였다.

"이 참외는 참 예쁘구려. 아! 이처럼 예쁘고 귀여운 아이 하나 있으면 얼마나 좋을꼬."

---

1) 이소노카미(石上). 야마토 지방, 즉 나라현 덴리시(奈良縣 天理市)이다.

할아버지는 참외를 만지작거리며 덧붙였다.

"이것을 업둥이라고 생각하구려. 너무 이쁘지 않소."

할머니는 참외를 옻칠이 된 통에 소중히 넣어두었다.

그 후 할아버지는 꿈을 꾸었는데 그 꿈 이야기를 할머니에게 들려주었다.

"꿈에 있잖소, 하늘의 계시로 예쁜 오자미를 내려주며 이것을 너의 자식이라 생각하고 의지하며 살도록 하라고 하였소."

이야기를 듣던 할머니도 꿈 이야기를 했다.

"나도 잠시 꾸벅꾸벅 졸고 있는데 꿈에 예쁘장한 책통이 보이는 거예요. 그런데 우리 애 같아 보이는 귀여운 여자아이가 있었고요, 그 아이에게 주는 꿈을 꾸었어요."

"우리가 아이를 간절히 바라다보니 꿈에까지 나왔나 보오."

부부는 서로 꿈 이야기를 하며 날을 보냈다.

할아버지는 다시 참외밭에 가서 잘 익은 참외 하나를 따서 먹으려 다 얼마 전에 따놓은 참외가 생각났다.

"그렇지, 전에 따다 놓은 참외가 있었지. 어떻게 되었을까?"

참외를 넣어 두었던 통을 꺼내보니 놀랍게도 통 안에는 눈부실 정 도로 예쁜 아이가 들어 있었다. 할아버지와 할머니는 믿기지 않는 일 에 놀라며 말했다.

"그리고 보니 일전의 꿈은 이런 일이 있을 선몽이었구려."

이루 말할 수 없는 기쁨에 아이를 하루하루 애지중지 키웠다.

이 아이는 해가 거듭될수록 나날이 곱게 잘 자랐다. 행동거지도 바 르고 총명하며 마음씨 또한 나무랄 데가 없었다. 아무리 봐도 예사사 람 같지 않고 신기하여 서화나 꽃 매듭 등 이것저것 참한 일들만을 가 르쳤다. 할아버지 할머니는 무척 흐뭇하였지만 여생이 얼마 남지 않 았으니 그 동안에라도 아이가 얼른 자라나 남들과 잘 어울릴 수 있게 되면 좋으련만 하고 걱정을 늘어놓았다.

오래지 않아 아이가 열네댓 살이 되자 자태는 마치 들판에 흐드러 지게 핀 마타리가 이슬을 머금은 듯 함초롬했다. 눈썹이며, 이마며, 늘어뜨린 머릿결이며, 눈처럼 흰 살결까지도 사랑스럽기가 이를 데 없었다. 당나라의 양귀비나 한나라의 이부인도 이리 아름답지는 못했 을 것이다. 마치 하늘에서 선녀가 내려왔나 할 정도였다.

그 사이에 아이의 일은 세상에 퍼져나갔다. 그 즈음 당시 둘도 없는 위세를 떨치는 그 지방의 국사[2]가 참한 신붓감을 찾고 있었다. 마음

---

2) 국사(國司). 고을을 다스리도록 파견된 지방관으로 저본에서는 수호대(守護代)나 국수(國守) 등으로 다양하게 표기되고 있지만 국사로 통일한다.

에 드는 사람을 찾지 못하여 세월만 보내고 있던 차에 이 소문을 듣고는 사람들의 눈을 피해 은밀히 할아버지에게 편지를 보내왔다.

"저희 집에는 그럴 만한 처자가 없습니다."

할아버지는 번번이 거절의 뜻을 표했지만 더 이상 숨길 수도 없는 일이기에 횟수가 거듭되자 마지못해 편지를 받아들였다.

"우리가 잘 되도록 해봅시다. 나중에 어떻게 될지 장담은 할 수 없지만 혼사이야기가 오가는 것은 반가운 일 아니겠소. 아이한테 마음이 끌리는 것이 잠시일지 몰라도 국사님께서 이렇듯 편지를 주시니 우리도 마음이 기우는군요."

때 마침, 태양신이 강림하던 그 옛날부터 온갖 못된 짓을 일삼아 사람들을 괴롭히던 천하에 몹쓸 마귀할멈[3]이 있었다. 마귀할멈은 '이참에 잘 됐어, 이 아이를 어떻게든 꾀어내 처치해버리고 대신에 내가 시집을 가서 귀여움을 독차지해야지.' 하고 서둘러 내려왔다. 혼사가 정해지고 날이 다가오니 할머니는 마음이 분주해져 혼수를 장만하려고 이것저것 알아보려는 차에 국사가 종 편으로 편지와 함께 형형색색의 예단이 잔뜩 담긴 궤를 보내왔다. 마귀할멈은 '옳거니.' 하고 이 아이를 꾀어내려고 이런저런 온갖 궁리를 하며 헤집고 다녔다.

그런데 마침 할머니는 볼 일이 있어 나가는 길에 딸에게 일러두었다.

"내가 돌아올 때까지는 누가 찾아오더라도 절대 이 문을 열어서는

---

3) 마귀할멈. 저본에는 아마노사구메(あまのさぐめ)로 표현되어있다. 〈고사기(古事記)〉(712년) 등의 일본 신화에 등장하는 여신(아마노사구메天探女)으로 못된 심성을 가진 악신으로 알려져 있다. 천손이 강림할 때, 아시하라노나카쓰쿠니(葦原中國, 일본을 일컬음)를 평정하도록 미리 내려 보낸 아메노와카히코(天稚彦)가 이즈모에 내려온 채 명도 따르지 않고 소식도 끊자, 그를 문책하러 보낸 사신인 꿩을 부추겨 죽이도록 했다는 신화가 전해진다.

안 된다."

얼마 지나 점심때쯤 되어 문을 두드리는 소리가 들려왔다.

"애야! 안에 있느냐? 문 열어라. 엄마다."

아무래도 이 목소리는 어머니가 아닌 것 같았다. 문틈으로 내다보니 예쁜 꽃가지를 들고 있는 것이 보였다.

"이 꽃은 어떠냐?"

아이는 꽃에 마음을 빼앗겼는지 빠끔히 문을 열었다. 그때 또 말소리가 들려왔다.

"내 손이 들어갈 만큼 더."

그 말에 문을 조금 더 열어주자 마귀할멈은 다짜고짜 문을 열어 제치고 들어와 아이를 안고 날아가 저 멀리 나무 위에 묶어버렸다. 그리고는 아이가 있던 곳으로 다시 돌아와서 예쁜 옷가지를 꺼내 입고 자리에 기대앉아 있었다.

마귀할멈이 수를 쓰고 있는 것을 아무도 눈치 채지 못한 채 색시를 맞이할 날이 되었다. 한바탕 떠들썩한 소리와 함께 색시를 태워 갈 가마가 당도했다. 서둘러 나가 맞이하고 보니 호위무사며 종이며 여종까지 그 행렬이 어마어마했다. 가마가 당도하자 집안으로 들여 새색시를 태웠다.

색시가 가마에 오르며 말했다.

"이보게들! 가마를 메고 똑바로 가야하네. 나무가 서있는 길로 둘러가서는 안 되네. 그렇잖아도 어두운 밤이라 무서운데."

그러자 신행길에 나선 사람들은 마귀할멈의 말소리를 듣고 아주 늙은이 목소리를 가진 색시구나 하는 생각이 들었지만 개의치 않고 길을 나섰다. 밤길이 칠흑같이 어두워서 똑바로 가고자 해도 길을 잘못

들어 그만 나무 밑을 지나게 되었다. 그때 어디선가 곱고 우아한 소리가 들려왔는데 새가 지저귀는 듯이 아름다웠다. 사람들이 그 소리에 멈추어 서자 가마 안에서 소리를 쳤다.

"봄새 지저귀는 소리가 들리다니 듣기 싫구면. 어서 지나가게나."

그래도 일행은 잠시 발걸음을 멈춰 듣고 있자니 새소리는 사람의 목소리로 들렸다.

> 참외아가 태워 신행길 나서야할 가마에
> 몹쓸 마귀할멈 올라타고 가네

이런 소리가 들려서 괴이하게 생각되어 횃불을 치켜들고 이리저리 비춰보았는데 놀랍게도 곱디고운 예쁜 참외 색시가 나무 위에 묶여 있었다.

"아이고, 세상에나 이럴 수가! 대체 이게 무슨 일인고?"

서둘러 색시를 풀어 내렸다. 그리고 가마 안을 들여다보자, 안에는 무시무시한 얼굴을 한 늙은 할멈이 타고 있었다. 서둘러 할멈을 끌어 내 뭣 하는 늙은이냐고 추궁을 하니 세상에 오만 나쁜 짓을 다 해대는 마귀할멈이었던 것이다. 일행은 서둘러 참외 색시를 가마에 태워 발길을 재촉했다.

마귀할멈은 야마토 우다 들판으로 끌려가서 팔다리가 갈기갈기 찢겨 버려졌다. 찢어진 몸뚱이는 억새와 솔새 밑에 나뒹굴다가 어느새 사라져 버렸다. 마귀할멈이 먼지와 같이 흩어져 사라지자 세상은 조용해졌다. 마귀할멈이 흘린 피는 억새에 묻어 밑동이 붉게 물들었고 그래서 피어난 꽃도 붉은 빛을 띤다고 한다.

국사 집에서는 참외 색시를 맞아들이고 나서는 나날이 집안이 번창하였다. 아무런 부족함 없이 살게 되니 참외 색시도 가난했던 지난날의 고통을 다 잊을 수 있었다. 이윽고 옥동자도 태어나 이를 보고 듣는 자 모두 칭찬해 마지않았고 부러워하지 않은 자가 없었다. 경사가 거듭되는 가운데 할아버지와 할머니는 그 지방의 영지 관할소를 하사받아 마음껏 호사를 누리며 살았다.

할아버지와 할머니는 젊었을 때부터 믿음이 두터웠는데 신력(神力)의 경이로움은 예사롭지 않았다. 신령님과 부처님이 자비를 베풀어 이 색시를 참외 안에 내려주었다고 한다. 그런 연유로 자신이 잉태한 곳이라며 틈만 나면 참외를 사람들에게 베풀었다. 색시가 태어난 이곳은 야마토 지방 이소노카미로 지금도 그 지역이 있다고 한다.

이처럼 과보를 받아 복을 누리는 사람은 후세에 길이 본보기가 되리라 생각하여 적어둔다. 이것을 읽고 신령님과 부처님을 우러러 공경하면 언제까지나 부귀영화를 누리게 될 것이다.

5/대합 색시

대합 색시

인도 마가다국[1] 외진 곳에 시지라라고 하는 지독하게 가난한 사람이 있었다. 그는 일찍이 아버지를 여의고 어머니와 함께 살고 있었다. 그 무렵의 인도는 극심한 기근이 들어 끊임없이 사람들이 굶어 죽어 나갔다. 시지라는 어머니를 잘 모시기가 어려워 이것저것 온갖 일을 다 하고자 하늘을 올려다보고 땅을 내려다보며 애써보았으나 뜻대로 되지 않았다. 그래서 생각해 낸 것이 바닷가로 나가 낚시를 해서 물고기를 잡아 어머니를 부양하자는 것이었다. 이런 생각이 들자 그 길로 당장 포구로 갔다. 작은 고깃배를 타고 앞바다로 나가 낚싯줄을 드리워 물고기를 잡아다가 어머니를 모셨다.

시지라는 어머니를 편안히 모실 수 있게 되어 무척 기뻤다. 어느 날 또 바닷가로 나가 낚싯대를 드리웠지만 그날따라 해질녘이 다 되도록

---

1) 마가다국(摩訶陀國). 기원전 6세기에서 기원전 1세기에 걸쳐 인도의 갠지스 강 중류에 있었던 고대 왕국으로 현재의 비하르주 남부에 해당한다.

물고기 한 마리도 잡히지 않았다. 그동안 어머니에게 드린다고 수없이 살생을 한 업보 탓인지 이제 더 이상 물고기가 잡히지 않을 모양이구나 하는 생각이 들었다. 어머니는 얼마나 나를 기다리고 계실지. 여태까지 아무것도 드시지 못하고 허기진 채 계실 텐데. 어머니 걱정에 낚시할 마음도 싹 가시었다.

　낚싯대도 이런 마음을 알았는지. 어라, 물고기가 물렸다 싶어 살살 들어 올려보니 난데없이 예쁘장한 대합 하나가 달려 올라왔다. 뭐 이런 것이, 별 도움 안 되겠는걸 하며 대합을 바다에 냅다 던져 버렸다. 이쪽에는 물고기가 없을 것 같아 서쪽바다로 배를 저어 가서 낚싯대를 드리웠다. 그런데 조금 전 남쪽바다에서 잡힌 대합이 다시 걸려 올라왔다. 이런, 참 희한한 일도 다 있네 하며 낚싯대에서 떼어내어 다시 획 던져버렸다. 그리고 이번에는 북쪽으로 배를 몰아 낚시를 하자 서쪽바다에서 잡힌 대합이 또다시 올라왔다. 거 참, 좀처럼 보기 드문 일인데. 한두 번도 아니고 세 번씩이나 낚이다니. 그저 잠시잠깐의 일이지만 삼세(三世)에 걸쳐 맺은 인연인가하고 의아해하며 이번에는 대합을 건져 올렸다. 대합을 배 안에 던져놓고는 다시 낚싯대를 드리웠다. 그런데 배안에 있던 대합이 갑자기 확 커졌다. 참, 이상한 일도 다 있다는 생각에 주워들어 바다로 던지려는 순간 대합 안에서 황금빛 세 줄기가 뿜어져 나왔다. 이게 대체 어찌된 일이지, 시지라는 놀라 눈이 휘둥그레지고 기겁하여 뒤로 주춤했다. 그러자 대합조개는 양쪽으로 갈라지더니 그 안에서 아리따운 처녀가 나왔는데 나이는 열일곱 여덟 가량 되어 보였다. 시지라는 얼른 손으로 바닷물을 떠서 얼굴을 훔치며 처녀를 향해 말했다.

"참으로 아름답구려! 모습은 봄에 핀 꽃과 같고 얼굴은 가을 밤하늘에 뜬 달과 같군요. 십바라밀(十波羅)[2]을 생각하게 하는 열 손가락은 유리구슬을 꿰어놓은 듯하오. 이렇듯 고운 여인이 바다에서 올라오다니 참으로 신기하오. 혹시 용궁에 산다는 선녀인지요? 이 천한 남자의 배에 오르다니 과분한 일이오. 속히 댁으로 돌아가시오."

여인이 대답했다.

"저는 어디서 왔는지도 어디로 가야할지도 모르는 사람입니다. 그러니 저를 그쪽이 사는 곳으로 데려가 주세요. 우리 부부의 연을 맺어 잘 살아 보아요."

"어허, 당치도 않는 소리. 꿈에도 생각지 못한 일이구려. 나는 나이

---

2) 십바라밀(十波羅蜜). 십바라밀은 보살이 실천해야할 열 가지 덕목으로 열 손가락을 빗대어 표현하고 있다. 오른손의 엄지는 혜(慧), 검지는 진(進), 중지는 인(認), 약지는 계(戒), 새끼손가락은 단(檀)을, 왼손의 엄지는 지(智), 검지는 역(力), 중지는 원(願), 약지는 방(方), 새끼손가락은 혜(慧)를 나타낸다.

사십이 다 되도록 여태 아내도 없다오. 그 연유는 육십이 넘은 노모가 계시기 때문이오. 만약 내가 아내를 얻게 되면 마음이 소홀해져 어머니를 함부로 대하지 않는다고도 말 못하오. 그건 어머니 뜻을 거스르는 불효이기에 아내를 얻는다는 건 생각지도 못하고 있소."

시지라는 가당치 않는 말이라고 했다.

"참 박정하시군요. 제 말 좀 들어보세요. 옷깃만 스쳐도 인연이라고 하지요. 미물인 새들조차도 인연 있는 나뭇가지에 앉아 쉰다고 합니다. 하물며 지금껏 그쪽만 생각하며 의지하려고 이 배에 올랐는데 그리 돌아가라 하시다니. 참으로 너무하시군요."

여인이 몹시 난처한 기색을 띠며 울먹이자, 시지라가 보고 곰곰이 생각하다가 그렇다면 육지에라도 내려줘야겠다며 서둘러 노를 저어 배를 물가에 대고는 빨리 내리도록 했다.

"내가 여기까지 데려다 주었으니 이만 살펴가시오."

시지라가 돌아가려 하자 여인은 그의 소맷자락에 매달리며 애원을 했다.

"하다못해 댁에 데려가 하룻밤이라도 재워주세요. 날이 새면 어디로든 떠날 테니까요."

"허참, 집이라곤 해도 우리 집은 다른 집과는 많이 다르오. 천한 사내가 자는 곳이라 차마 눈뜨고 볼 수 없을 정도라오. 당신이 머물만한 곳이 못 되오. 하지만 예사 방에라도 있게 하는 것은 안 될 일이라 새로 묵을 만한 곳을 마련해 볼 테니 기다려 주시오."

"아무리 금은, 유리, 거거, 마노와 같은 칠보로 치장한 집일지라도 다른 곳으로는 절대로 가고 싶지 않아요. 당신 집이라면 몰라도요."

"그렇다면 잠시만 기다려 주시오. 우선 내가 집으로 가서 어머니께

여쭤보고 데리러 오겠소."

시지라는 집으로 돌아가 여차여차한 사정을 말씀드리니, 어머니는 이만저만 기뻐하는 것이 아니었다.

"얼른 얼른 방을 치우고 데리고 오너라."

시지라도 좋아하며 서둘러 바닷가로 맞이하러 갔다. 여인은 기다리다 못해 시지라 집 쪽으로 오고 있는 중이었는데 길가에서 마주쳤다.

"맨발로 걸으면 발이 아플 것이오. 이 비루한 놈의 등에라도 업히시오."

시지라가 등을 내밀자 여인은 기꺼이 업혔다. 집에 당도하여 여인을 내려놓으니 어머니가 나와 보고는, 어찌 이런 일이, 이야말로 선녀가 아닌가하고, 내가 앉은 자리는 좀 뭣하겠지 생각하며 서둘러 위쪽에 자리를 마련하여 앉히고는 아주 귀하게 대하였다.

어머니가 말했다.

"과분한 말씀이긴 하지만 처자가 우리 시지라의 색시가 못될 것도 없지요. 아들도 벌써 마흔이 되었는데 처는 고사하고 자식하나 없으니 자나 깨나 마음이 놓이질 않는군요. 나도 이미 예순을 넘어 내일도 장담할 수 없어서 그저 홀로 남겨질 자식 걱정뿐이라오. 안 그래도 좋은 배필이 있었으면 했는데……."

어머니가 한숨을 내쉬며 말하자, 여인이 말문을 열었다.

"저는 오갈 데 없는 몸이니 부디 아드님 곁에 있도록 해주세요. 남들이 하지 않는 일이라도 해서 모두 잘 살아보도록 하겠어요."

이 말에 어머니는 몹시 기뻤다.

"그렇게까지 말해 주니……."

아들에게 이 뜻을 전하자, 본디 효자였던 시지라는 이렇게 대답했다.

"어머니께서 그렇게 말씀하신다면 따르도록 하지요."

인도에서도 남의 일이라면 간섭하기를 좋아해서 저마다 쑥덕거렸다.

"신기하게도 시지라 집에 선녀가 내려와 있다는군요. 자자, 다들 보러 가십시다."

마을 사람들은 사부대중(四部大衆) 너나할 것 없이 공양 올릴 쌀을 마련해 찾아갔다. 그래서 백미 석 섬 여섯 말이 하루만에 쌓였다. 그때 대합 색시[3]가 찾아 온 한 아낙에게 부탁했다.

"나는 그리 이상한 사람이 아니니 나를 믿고 실을 자을 삼이라도 좀 가져다 주세요."

다음 날 아낙은 부탁 받은 삼을 구해 왔다.

시지라는 색시도 생겼고 전날 사람들이 가져 온 쌀로 어머니도 봉양할 수 하게 되어 더없이 기뻤다. 대합 색시는 삼을 준비하여 몰래 실을 뽑았는데 언제 그렇게 했는지도 모르게 엄청난 양의 실을 뽑아 놓았다. 그리고 또 방추가 필요하다고 하여 시지라는 당장에 구해왔다.

이 삼으로 실 잣는 소리가 경이롭게 들려왔다. 그 소리를 잘 듣고 글자로 옮겨 보면, 실을 뽑아내기 위해 삼을 힘주어 눌러서 밀어낼 때에는 '나무상주시방불'이라는 소리가 나고, 실을 뽑아내어 꼴 때는 '나무상주시방법'이라는 소리가 나고, 감을 때에는 '아뇩다라삼먁삼 보리'라는 소리가 나며 감기는 듯했다. 또, 돌껏을 사용할 때에는 '나

---

3) 저본에는 '여인'으로 여전히 표현되고 있지만 내용의 정황을 고려하여 이후부터는 '대합 색시'로 번역했다.

무묘법연화경'이라는 소리가 들리는 것 같았다. 그렇게 실이 자아지는 동안 스무 다섯 달이 흘렀다. 실을 다 자은 뒤 색시는 시지라를 불러 또다시 부탁했다.

"이제 베틀이 있으면 좋겠어요."

그 말에 시지라는 '그렇다면' 하고 이번에는 직접 베틀을 마련하려는데 대합 색시가 베틀의 본을 내보이며 말했다.

"흔히 세상 사람들이 쓰는 베틀로는 안 돼요. 제가 쓸 베틀은 그들 것과는 달라요."

시지라가 부탁받은 대로 베틀을 만들어 오자, 대합 색시는 몹시 기뻐하며 말했다.

"그런데 이 실을 베틀에 어떻게 다 걸지요?"

그러나 신통력을 갖춘 영험한 분[4]이 다 알고 '광수지방편'[5]을 펼치니 어찌 안 될 일이 있으리. 그때 마침 한 번도 본 적 없는 사람 둘이 와서는 하룻밤 동안 집을 빌렸다. 그리고는 함께 베틀에 옷감을 짤 밑준비를 하였다.

이 일이 있고부터 어머니는 기이한 일도 다 있구나 하며 대합 색시를 더없이 귀히 여겼다. 시지라는 생각했다. 베틀이 생기고 나서 어머니가 시름을 잊게 되어 참 다행이야. 평소보다 마음 편히 지내시고 생계도 꾸릴 수 있게 되니 요즘은 고생스럽다는 생각도 들지 않아. 인도는 이토록 엄청난 기근에 시달리고 있는데 우리들은 아무런 걱정이

---

4) 관세음보살을 말한다.
5) 광수지방편(廣修智方便). 〈법화경(法華經)〉「관세음보살보문품(觀世音菩薩普門品)」에 「신통력을 구족하시고 널리 지혜로운 방편을 닦아 시방의 모든 국토에 나타내지 않는 곳이 없도다.(具足神通力 廣修智方便 十方諸國土 無刹不現身)」라는 표현이 있다.

없으니 여간 다행이 아니란 말이야. 시지라는 이런 생각을 하며 자신의 무릎 위[6]에 어머니의 발을 얹게 해서 푹 쉬도록 하였다. 그때 시지라 곁에 누워서 바라보던 색시가 물었다.

"어찌 울고 계세요?"

"젊었을 때 어머니는 건강하여 내 무릎에 발을 올려 주무시면 묵직한 느낌이 들었는데 어느새 연세도 드시고 차츰 쇠약해져 유달리 가볍게 느껴지니 눈물이 앞을 가린다오."

"당신은 참 마음이 고와요. 어느 부처님인들 가호를 내려주시지 않겠어요. 이토록 부모님께 효심이 지극한 사람은 세상에 드물 겁니다."

그리고는 이런 이야기를 꺼냈다.

"월조(越鳥)는 남지(南枝)에 보금자리를 튼다[7]고 하는데 이런 새들도 부모님이 키워주신 은혜를 아는 법이에요. 새끼 새가 자라 보금자리를 떠나 저마다 날아갈 때는 '사조(四鳥)의 이별'[8]이라 하여 어미나 새끼나 모두 미련을 버리지 못하고 헤어지기를 안타까워하면서 구름 저 멀리 떠나가지요. 그래도 효심이 깊은 새는 태어난 나뭇가지에 백일동안 하루도 거르지 않고 날아든대요. 그러면 어미 새는 그 새가 진정으로 자신이 낳은 새끼라며 흐뭇해하는 거지요."

색시는 시지라를 위로하며 말을 이어갔다.

---

6) 저본에는 '무릎'이 '이마'로 되어있지만 한국인의 정서에 맞게 번역을 하였다.

7) 월조소남지(越鳥巢南枝)라 하여 〈문선(文選)〉(제29)에 나오는 말이다. 남방 월나라의 새는 타국에 있어도 남쪽으로 뻗은 나뭇가지에 보금자리를 만든다는 뜻으로 고향을 잊기 어려움을 나타낸다.

8) 사조이별(四鳥離別)이라 하여 〈공자가어(孔子家語)〉에 나오는 말이다. 중국 환산(桓山)의 새가 네 마리의 새끼를 낳았는데, 이 새들이 성장하여 사해(四海)로 날아갈 때 어미 새가 슬퍼하였다는 고사에서 유래한다.

"효심이 지극한 새는 신기하게도 아무리 잡으려고 그물을 쳐도 잡히지가 않아요. 심지어 매나 독수리에게도 잡아먹히지 않지요. 더군다나 사람으로 태어나서 부모님의 뜻을 받들지 않으면 그 사람은 이 세상에서 바로 업보를 받고 칠난(七難)[9]을 만나 마음먹은 대로 잘 안 된답니다. 부모님께 효도하는 사람은 복을 받기 마련이지요. '칠난즉멸 칠복즉생'[10]이라 하여 무슨 일이든 마음먹은 것은 그 날에 이루어지고 사람들의 사랑과 존경을 한 몸에 받아요. 이생에서는 저절로 상구보리[11]의 길을 걷게 되며, 안온쾌락(安穩快樂)의 기운을 받아 구품연대[12]의 정토를 향하게 된답니다. 동방약사[13]의 정토, 서방아미타의 정토, 여러 부처님이 계시는 정토에 들어 그로 말미암아 신통력을 지니는 몸이 되어 '저 관세음보살을 외우면……'[14] 하며 기도할 거예요."

대합 색시가 말하는 입에서는 이 세상에 없는 향기로운 내음이 풍겼는데, 그 향기가 온 집안을 가득 채우고 밤낮을 가리지 않고 감돌았다.

이윽고 대합 색시는 베를 짜려고 하다가 시지라에게 말했다.

---

9) 칠난(七難). 화난(火難), 수난(水難), 나찰난(羅刹難, 악령에 의한 재난), 도장난(刀杖難, 무기에 의한 재난), 귀난(鬼難, 死靈에 의한 재난), 가쇄난(枷鎖難, 감옥에 갇히는 재난), 원적난(怨賊難, 도적에 의한 재난)을 말한다.

10) 칠난즉멸 칠복즉생(七難卽滅 七福卽生). 칠난은 순식간에 사라지고 칠복은 순식간에 쌓인다는 뜻으로, 일곱 재난을 벗어나서 얻은 행복을 칠복이라 한다. 칠난은 위의 주를 참조.

11) 상구보리(上求菩提). 상구보리 하화중생(上求菩提 下化衆生)이라 하여 위로는 깨달음을 구하고 아래로는 중생들을 구제하여 교화한다는 뜻으로, 보리심을 일으켜 보살행을 하기로 서원한 사람들이 갖는 마음가짐이다.

12) 구품연대(九品蓮臺). 정토에 왕생하는 사람이 앉는 아홉 가지의 연화대이다.

13) 동방약사(東方藥師). 동쪽 정토에 있는 약사여래 부처로 중생들의 몸과 마음의 병을 고쳐준다고 한다.

14) 〈법화경〉「보문품」에 나오는 「염피관음력(念被觀音力)」에 의한다.

"베를 짜기에는 이 집은 좀 좁아요. 집 옆에 베 짤 수 있는 방을 따로 마련해 주세요."

시지라는 곧바로 통나무를 잘라 와서 방을 만들어 주었다. 그러자 색시가 다짐을 받았다.

"베를 짜는 동안에는 절대로 이 방안에 사람을 들여서는 안돼요."

"잘 알겠소. 그렇게 하지요."

시지라는 색시의 부탁을 어머니에게도 전했다.

그날 저녁 무렵에 젊은 처녀 하나가 불쑥 찾아와서 방을 빌렸다. 대합 색시가 그 처녀에게 베틀이 놓인 방을 빌려주자 시지라 어머니가 말했다.

"베 짜는 방에는 사람을 들여서는 안 된다고 하고서는 어찌 그 방을 빌려주는 게냐?"

"이 사람은 괜찮습니다."

그리고는 두 사람이 함께 베를 짜는데 그 소리가 참으로 경이롭게 들렸다.

묘법연화경관세음보살보문품 제 이십오[15]의 보살이 고운 천을 짜고 있었다. 〈법화경〉의 일 권부터 여덟 권까지 스물여덟 품 모두 짜넣는 소리가 귓가에 쟁쟁하였다. 밤낮없이 열두 달을 짜내더니 색시가 말했다.

"다 짰습니다."

그리고는 두께는 여섯 치[16]이고 너비는 사방 두 척[17]되는 천을 바둑판처럼 접어 시지라에게 내밀었다.

"내일 마가다국 녹야원[18] 장에 내다 팔아 주세요."

"그럼 값은 얼마정도가 좋겠소?"

"삼천관에 팔아 주세요."

"거 참 당치도 않는 말이오. 요즘 거래되는 천은 그렇게 비싸지가 않은데 그건 터무니없는 값이오."

시지라는 어이없다는 듯 말했다.

"이것은 흔히 있는 천이 아니에요. 저희들이 짠 천은 녹야원 장에 가면 그 값어치를 알아보는 사람이 필시 있을 거예요. 값은 낮추어서는 안 됩니다. 자, 자, 장에 사람들이 모여 있을 터이니 어서 다녀오세요."

---

15) 관세음보살보문품 제 이십오(觀世音菩薩普門品第二十五). 〈법화경(法華經)〉을 말한다.
16) 여섯 치(六寸). 한 치(一寸)가 약 3센티미터이므로 16센티미터에 해당된다.
17) 두 척(二尺). 열 치(十寸)가 한 척(一尺)이므로 두 척(二尺)은 60센티미터 정도이다.
18) 녹야원(鹿野苑). 인도 중부의 바라나국(波羅奈國)에 있던 동산으로 석가모니가 성도 후 최초로 설법을 한 성지이다.

시지라는 천을 가지고 녹야원 장으로 갔다.

"이게 도대체 뭐요?"

시장에서는 어이없다는 듯 묻는 사람도 있었고, 또 미심쩍어 바라보는 사람도 있었다. 하루 종일 들고 다녀도 누구하나 집어보는 사람조차 없었다. 시지라는 생각했다. 그럼 그렇지. 얼토당토않게 이런 것을 장에 내다 팔라고 해서 웃음거리로 만들다니 내 참. 시지라는 천을 챙겨들고 집으로 가려는데 길에서 나이 예순 남짓 되어 보이는 노인을 만났다. 노인은 어딘가 남달라 보였는데 수염이 허옇게 나고 회색 말을 타고 있었으며 따르는 사람이 서른셋이나 되었다.

"그대는 어디에서 뭐하는 사람인고?"

"저는 시지라는 사람입니다. 녹야원 장에 천을 팔러 왔습니다만 임자를 만나지 못해 돌아가려던 참이었습니다."

"자네 이름은 들은 적이 있네. 그 천을 보여주게나."

노인의 말에 시지라는 말 위로 천을 올려 주었다. 따르던 서른세 사람이 천을 펼치니 길이가 서른세 아름이나 되었다.

"근래에 보기 드문 천이로다. 내가 사겠네. 그래 값은 얼마면 되겠나?"

"삼천관에 팔려고 합니다만."

"저런 싸기도 하군. 그럼 우리 집으로 가게나."

노인이 같이 가자고 해서 남쪽을 향해 따라갔다. 걸어가다 보니 처마가 높다랗게 연이은 집이 있고 대문은 구름이라도 뚫을 듯 우뚝 솟아 있었다. 기둥은 마노를 깐 초석에 수정으로 세우고 서까래는 유리로 만들었으며 지붕은 거거와 마노로 치장하여 눈이 휘둥그레질 따름이었다. 문 안으로 들어가니 이향(異香)이 풍기고 사방에 연꽃이 흩

날리며 음악소리가 울려 퍼졌다. 그것을 보고 있자니 시지라는 마음
도 젊어지고 수명도 늘어난 것 같아 집에 가야겠다는 생각도 잊고 말
았다.

노인은 대청마루 앞까지 말을 타고 가서는 내려 안으로 들어갔는
데, 이윽고 세 사람이 삼천관을 들고 나왔다. 저렇게 힘센 자들도 다
있구나하는 생각에 두려워서 멈칫했다.

"방금 그 천 장사꾼을 불러오너라."

자리로 불러올리라는 소리에 시지라는 다리가 후들거리고 불안하
여 어찌할 바를 몰랐다. 재차삼차 재촉하는 것을 듣고 살얼음 위를 걷
는 심정으로 대청마루 계단을 올라갔다.

"그 칠덕보수(七德保壽)의 술을 들어라."

노인이 술을 권하자, 시지라는 원래 술을 좋아하여 한 잔 마셔보았
다. 입 안 가득히 퍼지는 감로주 맛이 이루 형용할 수 없을 정도였다.
양껏 마시고 싶었지만 일곱 잔 이상은 안 된다고 하여 아쉽게도 일곱
잔만 마셨다.

"삼천관은 네 집에다 직접 갖다 주겠노라."

노인이 말하고 사람을 불러들였는데 들어온 사람은 셋으로 하나같
이 얼굴이 험상궂었다. 그들의 이름은 성문신득도자,[19] 비사문신득도
자, 바라문신득도자이었다. 노인은 이 세 사람에게 명하여 삼천 관을
시지라의 집으로 가져가게 했다.

---

19) 성문신득도자(聲聞身得度者), 비사문신득도자(毘沙門身得度者), 바라문신득도
자(婆羅門身得度者). 〈법화경〉「보문품」에 등장하며 성문, 비사문, 바라문으로 제
도를 얻을 사람에게는 각각 성문, 비사문, 바라문의 모습을 나타내어 그들을 위해
설법을 한다고 한다.

"그럼 안녕히 계십시오."

시지라가 작별인사를 고하자 노인이 말했다.

"방금 마신 칠덕보수의 술은 관음정토의 술이니라. 한 잔을 마시면 천년의 수명을 얻게 되느니. 그대는 일곱 잔을 마셨으니 칠천 년의 수명을 얻게 되리라. 앞으로는 먹지 않아도 배고프지 않으며 입지 않아도 춥지 않을 것이라. 이야말로 부모님께 효행을 다한 보답이니라."

노인은 이 말을 마치고 일어나 구름을 타고 남쪽을 향해 올랐는데, 하늘에는 오색찬란한 빛이 비치는가 싶더니 어느새 모습은 사라지고 시지라는 자신의 집에 돌아와 있었다.

그간의 자초지종을 색시에게 여차여차 말하려하니 색시가 먼저 있었던 일을 하나도 빠뜨리지 않고 말했다. 시지라는 생각했다. 참으로 신기한 일이야. 이 사람은 신묘한 힘을 가진 부처님이나 신령님의 화신인 게 분명해. 그러고 있는데 대합 색시가 말을 꺼냈다.

"이제는 떠나야할 때가 온 듯합니다."

시지라 어머니가 듣고는 매우 놀라며 말했다.

"무슨 말을 하는 게냐? 뜻하지 않은 사람을 맞아들여 시지라도 나도 비할 데 없이 기뻐하고 있거늘. 이렇게 갑작스레 떠난다고 하다니 너무 박정하구나!"

어머니는 하늘을 올려다보고 땅을 치며 몹시 애석해했다.

색시가 말했다.

"이렇게 오래 머무를 생각은 아니었습니다만, 있는 동안 무슨 일을 해서라도 큰돈을 마련해 두어야 훗날이 안심되고 어려웠던 지난날도 잊게 해드릴 수 있겠다 생각되어, 제가 할 수 있는 일이란 천을 짜는 일뿐이라 그것으로 삼천 관을 벌어둔 것입니다. 달리 생각지는 마세요. 이 돈이라면 한평생 편히 지낼 수 있을 겁니다. 이도 오로지 시지라님이 효도를 다한 덕이지요. 저는 남방 보타락[20] 관음정토에서 사자(使者)로 왔어요. 이제 와서 무엇을 감추겠습니까. 그곳에서는 동남동녀(童男童女)로서 관세음보살을 모시고 있었지요. 천을 팔러 가신 그곳도 남방 보타락 관음정토이에요. 시지라님은 이제 칠천 년의 수명을 얻었습니다. 그 까닭은 칠덕보수를 일곱 잔 마셨기 때문이지요. 앞으로는 부귀영화를 누리고 부처님과 신령님의 지극한 보살핌도 있을 거예요. 술을 마셨을 적에 술을 따른 세 사람은 저와 같이 관세음보살을 모시고 있는 분들로 한 사람은 성문신득도자, 또 한 사람은 비사문신득도자, 나머지 한 사람은 바라문신득도자입니다. 이들도 한결같이 부모에게 효도한 덕분으로 관세음보살의 가호를 받고 있지요. 그럼, 안녕히 계세요."

그러고는 집밖으로 나와 문 앞에서 작별 인사를 하는데 그 모습이 마치 '사조(四鳥)의 이별'과 같았다. 이 애석함을 어이하리 하며 남쪽 하늘로 오르는가 싶더니 흰 구름을 타고 날아가 버렸다. 허공에는 음악이 울려 퍼지고 이향(異香)이 사방에 가득 차고 연꽃이 흩날리며 많은 보살들이 내영하였다.

시지라는 망연자실한 채 우두커니 서 있었다. 아무리 생각해도 이제는 다시 만날 수 없을 것 같아 마음을 다잡으며 어머니를 모시고 집 안으로 들어왔다. 그 후로 집안은 나날이 번창하여 어머니를 아무런 걱정 없이 편안하게 모실 수 있었다.

시지라는 저절로 득도 성불하여 부처의 경지에 이르렀는데 칠천 년

---

20) 보타락(補陀落). 관세음보살이 산다는 인도 남해안에 있는 산이다.

이 되는 해에 정토에 들었다. 그때 자운이 드리우고, 상서로운 향기가 사방에 서리며, 연꽃이 휘날리고, 불로불사(不老不死)의 바람이 불며, 음악소리가 쉴 새 없이 들렸다. 스물다섯 분의 보살, 서른세 분의 동자, 스물여덟 분의 부중(部衆), 삼천불(三千佛) 모두 화려하게 빛났다. 그리고 천동(天童) 열여섯 분과, 사천왕(四天王), 오대존(五大尊)이 넓고 넓은 하늘을 꽉 메웠다.

이것 또한 일심으로 부모님을 섬겼던 은덕인 것이다. 후세 사람들도 이 이야기를 읽고 효도하면 이와 같이 부귀영화를 누리며 현세와 내세의 소원마저 금세 이루어질 것이다. 현세에서는 칠난(七難)이 그 자리에서 사라져 아무 탈 없이 살며, 모든 사람들로부터 사랑과 존경을 받아 자손대대로 번영을 누릴 것이다. 내세에서는 틀림없이 성불할 것으로 믿어 의심치 않는다. 온 마음을 다해 지극정성으로 부모에게 효도하기를 바란다. 그리고 이 이야기를 읽으며 사람들에게도 들려주고 또 들려주었으면 한다.

6/우라시마 다로

임 만나는 밤은 우라시마가 보물탑을 열어본 양

날 밝아 원통함에 눈물 가늘길 없네

우라시마 다로

옛날, 단고 지방[1]에 우라시마라는 사람이 살고 있었다. 그에게는 우라시마 다로(浦島太郎)라고 하는 스물 네댓 먹은 아들이 있었다. 매일같이 바다에 나가 물고기를 잡아다 부모를 봉양하였는데 어느 날 한가한 틈을 타 낚시를 하려고 나갔다. 해변 여기 저기 이 섬 저 섬, 후미, 곶마다 안 가는 곳 없이 낚시를 하고 조개를 줍고 해초를 따고 있는 중에 에시마 물가[2]에서 거북 한 마리를 낚아 올렸다. 다로는 거북을 보고 이렇게 말했다.

"학은 천년, 거북은 만년이라 하여 생명을 지닌 것들 중에서 너는 가장 오래 사는 생물이다. 지금 여기서 죽으면 아까우니 내 너를 살려주마. 은혜를 절대 잊어서는 안 되느니라."

그러고는 거북을 바다로 돌려보냈다.

---

1) 단고 지방(丹後國). 현재의 교토후(京都府) 북쪽 지역에 해당한다.
2) 에시마 물가. 효고현(兵庫縣) 아와지지마(淡路島) 에시마 물가(繪島が磯)일 가능성이 있지만 명확하지는 않다.

다로는 그 날도 해가 다 넘어간 후에야 돌아왔다. 그리고 그 다음날도 바닷가에 나가 낚시를 하려는데 먼 바다 위에 떠 있는 작은 배 한 척이 눈에 들어왔다. 참 이상하다 싶어 하던 일을 멈추고 물끄러미 보고 있자니 아리따운 여인이 파도 따라 일렁이며 서서히 다로가 있는 곳으로 왔다.

"당신은 뉘시기에 이처럼 거친 바다위에 혼자 배를 타고 있는 것이오."

다로가 말을 건네자 여인이 입을 열었다.

"실은 어디로 가고자 배를 얻어 탔습니다만 때마침 불어 닥친 거친 풍랑에 사람들이 바다 속으로 휩쓸려 버렸는데, 어느 인정 많은 사람이 저를 이 작은 배에 태워주었습니다. 도깨비 섬으로 가는 것은 아닌지 도무지 알 수 없어 불안하던 차에 당신을 만났습니다. 이는 전생에 인연이 있어서가 아닐는지요? 그래서 한낱 호랑이나 승냥이 같은 미물도 인간과 인연을 맺고자 하는 게 아니겠습니까?"

여인은 이 말을 끝으로 한없이 눈물을 흘렸다. 다로도 목석같이 몰인정한 사람은 아니기에 불쌍히 여겨 닻줄을 끌어 당겼다. 그때 여인이 애원하듯 말했다.

"저, 제발 제가 살던 나라로 좀 데려다주세요. 저를 이대로 버려둔다면 어디로 가야하며 또 어떻게 될지 모릅니다. 저를 모른 체 하신다면 바다에서 혼자 떠돌 때와 무엇이 다르겠습니까."

구슬피 우는 모습에 마음이 아파 배에 올라 노를 저었다. 여인이 일러 주는 대로 열흘 남짓 뱃길을 달려 여인의 고향에 당도했다.

다로가 배에서 내려 안내하는 곳으로 따라 가보니 은으로 쌓은 담장에 황금기와로 지붕을 잇고 높다란 대문에 궁궐 같은 집이 있었다.

천상에 있는 그 어떤 궁궐이라도 이보다 나을 수는 없었다. 여인이 사는 곳은 이루 말로 다 형용할 수 없을 정도였다.

여인이 다로에게 말했다.

"한 나무 그늘아래 비를 피하고, 한 줄기 강물을 떠 마시는 것도 모두 타생(他生)의 인연이라 하였어요.[3] 하물며 아득히 먼 바닷길을 마다않고 이렇게 배웅해 주시다니 이것도 전생에 못 다한 인연이 있어서겠지요. 그러니 우리 부부가 되어 함께 살아봐요."

여인의 나긋나긋한 말에 다로도 하자는 대로 따랐다.

"그렇게 말씀하니 그리 하지요."

두 사람은 해로동혈(偕老同穴)[4]할 것을 굳게 약속하고 하늘의 비익조가 되고 땅의 연리지가 되어 원앙부부로 정답게 살았다.

"이곳은 용궁이랍니다. 여기 사방에는 사시사철 초목과 꽃들이 흐드러지게 피고 지고 있어요. 보여드릴게요."

여인은 다로와 함께 나섰다.

동쪽에 있는 문을 열자 봄 경치가 펼쳐졌다. 매화와 벚꽃이 흐드러지게 피고, 수양버들가지는 봄바람에 한들거리며, 하늘에 드리워진 안개 사이로 휘파람새가 처마에서 우는 양 들리고, 가지가지마다 꽃들이 만발하였다.

남쪽을 바라보니 여름 경치가 펼쳐졌다. 동쪽 봄 경치를 경계삼은 울타리에는 병꽃이 피어 있었다. 못의 연꽃은 이슬을 머금고, 물가는

---

3) 일수음 일하류 타생연(一樹陰 一河流 他生緣)을 말한다. 〈바리때 쓴 처녀〉, 주 23을 참조.
4) 해로동혈(偕老同穴). 〈시경(詩經)〉에 나오는 말이다. 살아서는 같이 늙고 죽어서는 한 무덤에 묻힌다는 뜻으로 생사를 같이하는 부부간의 맹세를 비유한 말이다.

시원하게 잔물결이 일렁이며, 물새가 떼를 지어 놀고 있었다. 나무마다 가지가 무성하고, 허공에는 매미소리가 울려 퍼지며, 소나기가 한차례 지난간 구름 사이로 두견새가 울며 날아가면서 여름을 알렸다.

서쪽은 가을 풍경이 펼쳐졌다. 여기저기 나뭇가지에 온통 단풍이 붉게 물들고, 바자울 안쪽에는 흰 국화꽃이 피고, 안개 자욱한 들녘자락에서는 싸리에 맺힌 이슬을 헤치며 외로이 우는 사슴소리가 들려 가을정취를 자아내고 있었다.

북쪽을 바라보니 겨울 풍경이 펼쳐졌다. 여기저기 나뭇가지도 앙상하고 마른 잎사귀에 내린 첫서리, 산산마다 소복이 쌓인 새하얀 눈, 눈 덮인 골짜기 언저리 호젓한 숯가마에서 피어오르는 연기, 초부의 숯 태우는 모습도 참으로 겨울경치 그대로였다.

이렇게 흥취 있는 것들에 마음 빼앗겨 영화를 누리며 살고 있는 중에 어느덧 삼 년이라는 세월이 순식간에 흘러갔다. 다로는 느닷없이 말을 꺼냈다.

"부모님을 남겨두고 고향집을 떠나온 지 어언 세 해나 지났구려. 부모님이 걱정되니 뵙고 안심을 시켜드려야겠소. 다녀오려면 서른 날은 걸릴 것이오."

"당신과는 세 해 동안 원앙금침에서 비익조가 되어 한시라도 붙어 있지 않으면 어떻게 될까 싶어 마음을 졸였습니다. 이제 헤어지면 또 어느 세월에나 만날 수 있을는지요. 부부의 인연은 다음 생에도 미친다고들 하니 설령 이 세상에서 맺은 것이 꿈과 같이 허망할지라도 내생에서는 한 연꽃 위에 우리 태어나요."

부인은 눈물을 뚝뚝 흘리며 말을 이었다.

"이제 와서 무엇을 숨기겠어요. 실은 저는 이 용궁에 사는 거북이랍

니다. 언젠가 에시마 물가에서 당신의 도움으로 살아났지요. 그 은혜
에 보답코자 당신과 부부가 된 거예요. 이것은 쓰던 물건인데 제가 생
각나면 보세요."

부인은 왼쪽 허리춤에서 자그마한 합을 하나 내주며 부탁했다.

"무슨 일이 있더라도 이 합을 열어서는 안 됩니다."

회자정리(會者定離)라는 말도 있듯이 만남이 있으면 언젠가는 헤
어지기 마련이라 억지로 붙잡을 수도 없어 부인은 이렇게 읊었다.

> 긴긴 세월 옷을 이불삼아 지새운 밤들
> 이제 헤어지면 언제 다시 만나려나

그래서 다로도 답가를 했다.

> 떠나가려니 공허한 내 마음이여
> 인연이 깊다면 다시 와 만나리

다로는 부인과 헤어지는 것이 못내 아쉬웠지만 마냥 이렇게 있을
수만은 없어 합을 받아들었다. 그리고 막상 나서려니 지금까지 지내
온 일들도 잊을 수 없고 앞으로 일도 줄곧 걱정되어 아득히 먼 파도
길을 돌아가야 하는 막막한 마음에 다시 이렇게 읊었다.

> 잠시나마 운우의 정 나눈 그대 모습을
> 잊지 못하는 나 어찌하면 좋을까

그런데 다로가 고향으로 돌아와서 보니, 고향은 인적이 끊어지고 호랑이가 나올 것 같은 황폐한 들판이 되어 있었다. 이게 어찌된 일인가 싶어 문득 들판 옆을 살피자 초가가 눈에 들어왔다.

"누구 안 계십니까?"

안에서 여든쯤 되어 보이는 노인이 나왔다.

"뉘신지요?"

"여기에 살던 우라시마라는 사람의 행방을 모르시는지요?"

"뉘시기에 그의 행방을 찾으시오. 참 이상도 합니다. 그 우라시마라는 사람은 칠백 년도 더 전에 살았던 양반인 걸로 알고 있소만."

이 말을 듣고 다로는 깜짝 놀라 지금까지 있었던 일을 노인에게 자세하게 들려주었다. 노인은 희한한 일도 다 있다며 손가락으로 한쪽을 가리키며 말했다.

"저어기 보이는 오래된 무덤과 낡은 석탑이 그 사람의 묘소라 하더이다."

다로는 풀이 우거지고 이슬 자욱한 들판을 헤쳐 오래된 무덤을 찾아가 눈물을 흘렸다.

> 잠시 다녀오마고 나선 집 돌아와 보니
> 슬프도다 호랑이 뒹구는 들판 되어있네

그리고는 소나무 그늘아래로 가서 망연자실 서 있었다. 잠시 우두커니 있다가 거북이 절대로 열어보지 말라고 신신당부하며 준 합을 이 마당에 열어 본들 어떠랴 싶어 열어 본 것이 한스러울 따름이었다. 이 합을 열자 안에서 보랏빛 구름이 세 줄기 피어올랐다. 다로가 그것

을 보자마자 순식간에 나이 스물 네댓도 이내 사라져 버리고 학이 되
어 허공으로 날아올랐다. 다로의 나이는 거북이 이전에 합안에 넣어
두었기에 칠백 년이나 버틸 수 있었다. 열어보지 말라는 당부를 소홀
히 하여 열어본 탓에 칠백년 세월이 한순간에 물거품이 되어버렸던
것이다.

다로가 상자를 연 그 원통하고도 애석한 마음은 노래로도 전해진
다.

> 임 만나는 밤은 우라시마아 보물함을 열어본 양
> 날 밝아 원통함에 눈물 가늘 길 없네

생이 있는 것은 정이 있기 마련이거늘 하물며 사람으로 태어나 은
혜를 입고도 은혜를 모르는 것은 목석과도 같다. 정이 깊은 부부는 다

음 생에도 부부로 태어난다고 하지만 그래도 그와 같은 일은 참으로 드문 일이다. 우라시마는 학이 되어 봉래산에서 노닐고 있으며, 거북 또한 등에 천지인의 복을 갖추어 만대를 살았다고 한다. 그러하기에 경사스러운 일에는 학과 거북을 귀감으로 삼아 왔던 것이다. 무릇 사람은 정이 있어야 하며 정이 있는 사람은 부귀영화를 누린다고 전해진다. 그 후 우라시마 다로는 단고 지방의 우라시마 명신(明神)이 되어 중생들을 제도하고 거북도 같은 곳에서 화신(化神)하여 부부의 명신이 되었다. 참으로 축복할 만한 이야기이다.

7/기녀 고마치

괴로운 몸에 병마가 찾아오려나 거적때기에
일곱 줄은 임 누이고 석 줄은 내가 눕고

기녀 고마치

세와 왕[1] 무렵, 대궐에 고마치[2]라는 풍류를 즐기는 기녀가 있었다. 봄에는 꽃이 지는 것을 아쉬워하고 가을에는 구름에 달이 가려지는 것을 안타까워하며 날을 보냈다. 아침에 일어나면 새벽녘 풍경을 바라보며 그 정경을 노래로 읊고 해질녘에는 우수를 자아내는 종소리에 귀를 기울였다. 곰곰이 생각해 보니 세상사 그저 꿈만 같았다. 사람 목숨이 풀잎에 맺힌 이슬보다 더 덧없다는 생각이 들 적마다 노래 짓는 것만큼 위로가 되는 것도 없었다.

노래라는 것은 사람의 마음을 다양한 말로 표현한 것이다. 노래가 가지고 있는 덕은 실로 크다. 세상사 괴로울 때도 읊고 힘들 때도 읊는다. 노래는 신령이나 부처가 읊는 게송(偈頌)도 되며 힘 들이지 않

---

1) 세와 왕(清和天皇). 몬토쿠 왕(文徳天皇, 재위 850~858)의 네 번째 아들로 9세에 즉위했다. 재위기간은 858년~876년이다.
2) 고마치(小町). 헤이안 시대(平安時代, 794~1192)에 살았던 재색을 겸비한 여류가인 오노노 고마치(小野小町)이다.

고 천지도 움직이고 눈에 보이지 않는 귀신도 감동시킨다. 남녀 사이
도 마음을 터놓게 하며 용맹스러운 무사의 마음도 누그러뜨린다. 이
러하기에 고마치도 노래를 즐겨 읊었는데 그 노래는 참으로 뛰어났
다. 그 옛날 소토오리히메[3]가 환생했다고도 하고 관세음보살이 화신
했다고도 하였다. 이 세상에 태어나 미혹에 빠져 허덕이는 중생들 가
운데 여자란 생각이 모자라 감동할 줄도 모르고 부처도 모실 줄 모르
고 신령도 받들 줄 모르며 마냥 허무하게 세월 가는 것이 안타까워 색
을 파는 기녀로 태어났다고 하였다.

비화낙엽(飛花落葉)같은 세상, 한 때는 흥하고 한 때는 쇠하듯 아
름다운 꽃도 어느 샌가 다 져서는 이끼가 끼어 썩는다. 온갖 것을 내

---

3) 소토오리히메(衣通姫). 인교 왕(允恭天皇, 재위 412~453)의 비(妃)로 밝고 아름다
운 피부가 옷을 통해서도 환하게 비칠 정도라고 해서 붙여진 이름이다.

키는 대로 다 말로 표현할 수 없는데도 하늘에 떠도는 구름 한 점 없이 비추는 달밤의 운치도, 늦가을 비 내려 구름에 가린 정취마저도 노래로 읊었다. 이와 관련하여 노래의 참모습은 히토마로[4]의 노래에서 찾을 수 있다.

어슴푸레 아카시(明石) 바닷가 아침 안개 속에
섬 가려 사라져가는 배 애잔하네

이 노래는 모든 중생을 위한 것이다. 이를테면 '아카시 바닷가'는 번뇌하는 중생의 마음을 나타내고, '섬 가려 사라져 가는' 것은 삼계(三界)[5]를 윤회한다는 뜻이며, '배 애잔하네'는 대자대비한 부처가 어여삐 여긴다는 것이다. 그리하여 노래는 신이 다스리던 시대에까지 거슬러올라 스사노오노 미코토[6]가 읊은 것이 처음이었다. 신의 시대에는 아직 글자도 없고 순박하고 꾸밈이 없어 말의 뜻도 확실히 알기 어려웠는데 인간의 시대가 되어 글자가 만들어졌다. 그런데 스사노오노 미코토는 이즈모 지방(出雲國)[7]에 궁궐을 세울 때 여덟 빛깔의 구름이 피어오르자 기쁨에 겨워 노래를 읊었다.

---

4) 가키노모토노 히토마로(柿本人麻呂). 나라 시대(奈良時代, 710~784)의 가인이다.
5) 삼계(三界). 중생이 윤회하는 욕계(欲界), 색계(色界), 무색계(無色界)를 말한다.
6) 스사노오노 미코토(素戔嗚尊). 일본의 신화에 등장하는 신으로 신의 나라에서 추방당해 이즈모(出雲) 지방으로 내려와 머리와 꼬리가 여덟 달린 뱀을 퇴치한 후 구시나다히메(櫛名田姫)와 결혼하여 궁전을 지으며 읊은 노래가 일본 최초의 와카로 알려져 있다.
7) 이즈모 지방(出雲國). 현재의 시마네현(島根縣)이다.

구름 겹겹이 이즈모 올 겹겹이 아내 살도록
겹 울타리 만드네 여덟 겹 울타리를

이로부터 노래의 글자 수는 서른 한 자로 정해졌다. 꽃들 사이로 날
아드는 휘파람새나 연못에서 노니는 개구리마저 알고 노래를 부른다.
하물며 인간이 어찌 노래를 읊지 않는다 말인가. 서른 한 글자는 말할
것도 없이 석가여래의 모습[8]에서 비롯된 것이다. 하지만 한 가지 상
(相)은 말로 표현하기에 너무 황송스러워 남겨두었다. 이런 까닭으로
노래를 잘 읊으면 부처를 만들어 공양하는 것이 되지만, 달리 서툴게
읊으면 부처를 온전하게 만들지 못하는 것과 같다고 한다.

고마치는 그가 만난 남정네를 천 명이라고 적고 있지만 만나더라도
정은 주고받지 않은 모양이었다. 수려한 자태는 이부인(李夫人)이나
소토오리히메에게도 뒤지지 않았다. 소문으로 듣거나 본 자들도 사모
하기를 쓰쿠바산(筑波山)을 뒤덮은 나무들처럼 수를 헤아릴 길이 없
었는데 지금은 덧없는 초라한 신세가 되어 버렸다. 나니와 강변에 활
짝 핀 꽃이여! 라고 했던 때가 언제였는지. 한창 때는 다 지나고 들녘
에서 쓸쓸한 가을을 재촉하며 울어대는 풀벌레 소리마저도 자신의 처
지인 양 생각되었다. 언제까지 이어질지 모를 이슬 같이 부질없는 목
숨. 초막에 묻혀 살며 옛날을 떠올리는 시노부구사[9]가 담장에 무성한
데 이슬 흘러 떨어지듯 내 신세 어느새 영락하였구나. 노래짓는 것을
좋아하여 먹을 갈아 붓을 적셔 여든 너머까지 써 놓은 필적들도 희미

---

8) 석가여래의 32상으로 부처님 몸에 갖춘 서른두 가지 뛰어난 용모를 말한다.
9) 시노부구사(しのぶ草). '넉줄고사리'라는 식물이다. 고전에서는 '그리워하다' 즉
　'시노부(偲ぶ)'를 중첩시켜 그리운 마음을 비유적으로 표현하기도 한다.

해져가는 허무한 세상에 영원히 머물 수 없는 몸이라 어찌 다음 생을 생각하지 않을 수 있단 말인가. 무심히 지내는 사이 적은 노래가 쌓이는 것은 죄업이 될 뿐이지만, 미천한 여자가 세월 가는 줄도 모르고 무료하게 날을 보내다 흰머리 성성해진 모습은, 꾀꼬리 우는소리 들리는가 싶더니 어느새 여름이 되어 버린 듯 점차 약해지다 끝내 쇠락해져 버렸다. 그러나 마음만은 꽃핀 봄날이었다. 아름다움에 마음 설레고 향기에 취하는 일은 그 옛날 못지않건만 되돌릴 수 없는 것은 쭈글쭈글해진 주름. 자꾸만 눈물이 흘러내려 소맷자락을 적셨다. 그리운 옛날이여, 아 애타는 마음이여. 예전에는 잠시 머무는 거처일지라도 옥을 깔고 뜰에는 영락(瓔珞)을 걸어 꾸미고 문에는 수정을 주렁주렁 달아놓았다. 누워서 달을 기다리는 잠자리에는 꽃비단과 보석을 깔고 문을 열어젖혀 베개의 먼지를 털어내고는 마음 가는 사람들과 밤을 지새우며 광언기어(狂言綺語)[10]를 늘어놓았다. 그런데 지금은 썩은 나무에 매달린 버들마냥 더욱 연약해져 버렸다. 그 나약한 모습은 여인의 노래 바로 그것이다. 고마치의 노래는 소토오리히메의 흐름을 잇고 있다. 애잔하면서 힘차지 않다. 하여 노래에도 그러한 맛이 난다.

> 그리워하다 잠든 탓에 임이 보였는가
> 꿈인 줄 알았다면 깨지나 말 것을

또한 다른 노래에,

---

10) 광언기어(狂言綺語). 말을 교묘하게 꾸미거나 이치에 맞지 않게 흥미위주로 과장하여 표현한 말이다.

빛깔 없이 가만히 변해가는 것은 이 세상
사람들의 마음에 핀 꽃이로다

라고 읊은 것이 있는데 실로 그러하다. 지금 생각해보면 나리히라[11]
가 읊은 노래도,

달은 예전의 달이 아닌가 봄은 예전의 봄이 아닌가
이 몸은 홀로 옛날의 몸 그대로이건만

참으로 당연한 이치라며 흥얼거려보지만 우는 것 외에 달리 방도가
없다. 자신의 처지를 생각하며,

서러운 신세 부평초 뿌리를 잘라 버리고
오라는 물길 있다면 따라 나서리

라고 읊어둔 노랫말마저도 애처롭기 그지없다.

지금 의지할 분이라고는 그저 나무대자대비하신 관세음보살뿐, 부
디 극락정토에 들게 해주십사 하고 기도하면서 고맙게도 저 세상 가
는 날이 가까워져 피안의 배가 떠 있어 '나무아미타불' 여섯 글자를
끊임없이 외우고 또 외운다. 그러니 어찌 여러 부처가 도와주지 않으
리. 바로 이때 오노[12]의 오솔길을 헤치고 들어와 초막 문을 두드리는

---

11) 나리히라. 아리와라노 나리히라(在原業平, 825~880)이다. 〈바리때 쓴 처녀〉, 주
    13을 참조.
12) 오노(小野). 교토시 사쿄구(左京區)에 있다.

소리가 들렸다.

"옛날, 그 호색녀 오노노 고마치는 여기 계시오?"

"아이고, 부끄럽구나! 이게 도대체 꿈인가 생시인가 허깨비인가. 대체 뉘시기에 이렇게 초라한 사립문에 대나무 기둥 세워 만든 보잘 것 없는 거처를 찾아온 건지. 나를 찾아온 건지 딴 곳을 찾아온 건지. 도대체 무슨 일인지. 곰곰이 생각해보니 함께 색을 밝혔던 유달리 정 많던 아리와라노 나리히라의 모습이 스친다. 아아, 내 모습이 부끄럽구나! 한창때는 꽃 같은 모습에 소매도 여러 겹으로 향기 그윽한 매화빛깔 옷을 걸쳐 입고 서 있는 자태는 마치 마타리가 이슬에 젖은 듯 함초롬히 고왔다. 나이 들어가면서도 누구를 마음에 둘지 하고 염려하고는 했었는데 어느새 모습이 쇠락하여 꽃밭에 메말라 가는 풀잎 같은 나를 찾아오다니 생각지도 못한 일이구나. 내가 색정에 빠져 허덕인 것은 이루 헤아릴 수 없을 정도이고 받은 연서도 숱하지만 늙어서까지 정을 나눈 서방은 없었다. 고마우신 나리히라님, 당신이야말로 의지할 만한 분입니다. 그럼, 제가 예전에 편력했던 사랑이야기를 들려드리지요."

고마치는 말을 이어갔다.

"새삼 부끄럽지만 옷자락이 흘러내리지 않도록 가다듬고 거듭 신에게 비옵나이다. 갯바위 바다 속 깊이를 알 수 없듯 깊이깊이 참회합니다."

이 말을 듣고 나리히라는 목이 메었다.

"그렇지 않아도 여자란 죄가 깊어 업장(業障)[13]의 구름이 두텁고

---

13) 업장(業障). 전생에 지은 업으로 이 세상에서 받는 장애를 말한다.

진여(眞如)[14]의 달도 흐리며 마음의 물도 맑지 못하여 생각하는 것마다 악업으로 쌓이고 번뇌의 굴레에서 헤어나지 못한다오. 그래서 경을 보자면 부처님도 여자를 제일 싫어하시오. 그렇다고는 하나 여자 없이는 남자도 없고, 중생이 없다면 부처님도 없는 법이오. 애별리고(愛別離苦)는 너나없이 눈앞 가까이에 있는 법이라오."

고마치는 합장배례하고 지난날을 참회했다.

"무릇 남녀의 정에 빠져 갈피를 잡지 못하는 사람으로는 먼저 나라의 왕이 있었는데 그의 노래가 그러하였고, 다음은 쓰라유키[15]로 그의 염서도 그러하였습니다. 또 갖은 연정을 담은 편지들이 있었습니다.

꽃에 꽂은 편지도 있고, 아침의 나팔꽃 저녁의 박꽃 같은 춘정이 이는 편지도 있고,[16] 남의 눈을 피하는 편지도, 눈물에 젖은 편지도 있고, 바위틈에 새는 물같이 은밀한 편지도 있고, 뜬소문이 무색한 원앙의 편지도 있고, 쓸쓸하게 홈통 물소리만 듣는다는 편지도 있고, 짝을 찾는 수사슴의 애절한 편지도 있고, 보고프면 찾아오라는 애달픈 편지도 있고,[17] 견우직녀의 만남과 같은 편지도 있고, 부부 간의 정을 담

---

14) 진여(眞如). 번뇌가 사라져 나타나는 참되고 한결같은 마음, 그대로의 참모습을 말한다.
15) 쓰라유키. 기노 쓰라유키(紀貫之)를 말한다. 헤이안 시대 귀족으로 사랑노래를 많이 지은 가인이다. 가나(仮名)로 쓰인 최초의 일기인 〈도사 일기(土佐日記)〉와 와카 최초의 칙찬가집인 〈고킨와카슈(古今和歌集)〉의 가나서문(仮名序)을 쓴 작자로 유명하다.
16) 「아침의 나팔꽃 저녁의 박꽃 같은 춘정이 이는 편지도 있고」. 박꽃은 흔히 사람의 마음이 변하기 쉬운 것으로 비유되는데 춘흥을 불러일으키는 꽃으로 사용되기도 한다. 〈바리때 쓴 처녀〉에서는 춘흥과 연결된 표현으로 나타난다.
17) 「보고프면 찾아오라는 애달픈 편지도 있고」는 다음의 노래를 근거로 한다.
　　보고프면 찾아와요 이즈미의　　　戀しくば尋ね來て見よ和泉なる
　　신타 숲 속 슬픔에 잠긴 구즈노하　信太の森のうらみ葛の葉
　　신타 숲(信太の森)은 이즈미시(和泉市)에 있는 숲 이름이며, 구즈노하(葛の葉)는

은 듯한 편지도 있고, 임 그리다 밤 지새운다는 편지도 있고, 우지의 뗏목 전설처럼 꿈속에서 그리다 만났다는 편지도 있고,[18] 사랑한다는 스루가[19]의 편지도 있고, 그래서 스루가 후지산에 연기 일듯 애타한다는 편지도 있고, 나니와 나루 오솔길 끊어진 곳에 수로표 있듯이 목숨 다하도록 연모한다는 편지도 있고,[20] 스미요시의 물망초마냥 사랑의 괴로움을 달랜다는 편지도 있고, 바닷가 모래알만큼 끊임없이 미주알고주알 적은 편지도 있고, 다 못 읽는 편지도, 노래에 덧붙인 편지도 있고, 오늘밤 머물겠다는 편지도 있고, 생각에 사무쳐 죽고 못살

전설에 전해지는 여우의 이름이다. 노래는 다음과 같은 배경을 가지고 있다. 아베노 야스나(安倍保名)라는 사람이 신타 숲에서 사냥꾼에게 쫓기고 있는 백여우(白狐)를 도와주다가 상처를 입었다. 그곳으로 구즈노하라는 여성이 와서 상처를 치료해주며 보살폈는데 둘은 서로 사랑하게 되어 결혼한 후 아들 도지마루(童子丸, 후에 음양사 아베노 세메安部晴明)를 낳았다. 아이가 다섯 살 때 남편은 구즈노하가 이전에 살려준 백호임을 알게 되었다. 위의 노래는 정체가 드러난 구즈노하가 숲으로 돌아가며 남긴 것이다.

18) 「우지의 뗏목 전설처럼 꿈속에서 그리다 만났다는 편지도 있고」는 재담(落語) 〈우지노 시바부네(宇治の柴舟)〉에 근거를 둔다. 오사카에서 큰 목재업을 하는 집 도령이 그림 속 미인에 빠져 가슴앓이를 하다가 그것을 잊기 위해 우지로 여행을 떠났다. 우지 강가에 지어진 여관의 난관에 앉아 있는데 그림 속 미인을 빼닮은 여인이 후시미(伏見)로 갈 배를 찾고 있었다. 도령이 뱃사람으로 가장하여 여자를 태워 가다가 그간의 일을 토로하고 자신의 소원을 들어달라고 애원하였으나 여자는 유부녀인지라 거절하였다. 도령이 여인의 팔을 잡아끌자 여인은 도령을 밀었고 그래서 우지 강에 빠져버렸다. 그때서야 도령은 자신의 어리석음을 깨닫고 마음의 병도 치유하여 돌아와 마음을 다잡고 집안을 이었다는 이야기이다.

19) 「사랑한다는 스루가의 편지도 있고」. 스루가(駿河)는 시즈오카현(靜岡縣) 중앙부에 해당하며 후지산(富士山)이 있다. 사랑한다, 즉 고이오 스루(戀をする)라는 '스루'에서 연상하여 지명 스루가(駿河)를 이끌어내고 있다.

20) 「나니와 나루 오솔길 끊어진 곳에 수로표 있듯이 목숨 다하도록 사랑한다는 편지도 있고」. 수로표는 배가 다니는 수로를 알리기 위해 물속에 세운 말뚝이다. 수로표(澪標)의 일본어는 '미오쓰쿠시'라고 하며 '목숨 바치다' 곧 '미오쓰쿠시(身を盡し)'라는 뜻이 중첩되어 나타난다.

겠다는 편지도 있고, 가타다의 붕어구이를 태워버리듯 사랑을 감내하는 편지도 있고,[21] 아코기 포구의 그물처럼 거듭되면 소문날 민망스러운 편지도 있고,[22] 수초에 쌓여있던 바위가 드러나듯 솔직한 마음을 드러내는 편지도 있고, 측은하게 보여도 측백나무[23] 잎사귀마냥 그 마음을 분간할 수 없는 편지도 있고, 발길이 뜸해져 잡초 무성한 집에서도 변함없는 마음을 담은 편지도 있고,[24] 아사카 늪 진흙 속에 핀 꽃 창포처럼 아름다운 여인을 한 번 본 후부터 그리움의 씨앗이 되었다는 편지도 있고, 첫 기러기 소리를 들으니 그대 생각이 난다는 편지도 있고, 지나가는 바람도 문소리를 낸다고 하는데 하는 편지도 있고, 하다못해 가느다란 거미줄에라도 기대고 싶다는 초조한 마음의 편지도 있고, 오사카야마산[25] 오미자 덩굴은 잘 뻗어도 나에게는 찾아오는 이 없다는 편지도, 불안하게도 사람 부르는 뻐꾸기소리만 들린다는

---

21) 「가타다의 붕어구이를 태워버리듯 사랑을 감내하는 편지도 있고」는 예로부터 붕어구이 뱃속에 밀서나 편지를 넣어 보냈다는 고사에 의거한다.

22) 「아코기 포구의 그물처럼 거듭되면 소문날 민망스러운 편지도 있고」. 아코기 포구(阿漕が浦)는 옛날 이세 신궁(伊勢神宮)에 공양하는 물고기를 잡기 위해 그물을 친 곳으로 일반인들의 어업이 금지된 곳이다. 아코기에 사는 헤지(平次)라는 어부가 병에 걸린 어머니를 위해 약효가 좋다는 홍대치 물고기를 몰래 잡다가 횟수가 거듭되자 발각되었다는 전설에 근거하고 있다. 아코기 포구란 횟수가 거듭되다 보면 어느 샌가 세상에 알려지게 된다는 표현으로 비유되고 있다.

23) 측백나무. 측백나무 잎은 앞뒤가 같아 구분하기가 어렵다고 한다. 그래서 분간하기 어렵거나 알 수 없을 때를 비유적으로 표현할 때 자주 인용된다.

24) 「발길이 뜸해져 잡초 무성한 집에서도 변함없는 마음을 담은 편지도 있고」. 예를 들면 〈겐지 이야기(源氏物語)〉에 등장하는 스에쓰무하나(末摘花)는 잡초 무성한 집에 어렵게 살면서도 오로지 겐지만을 그리워하며 찾아오기를 기다렸고, 그런 스에쓰무하나의 마음에 감동하여 겐지가 찾아가기로 마음을 먹었다는 이야기가 전해진다.

25) 오사카야마산(逢坂山). 시가현 오쓰시(滋賀縣 大津市)에 있는 산으로 오미자 덩굴이 많은 것으로 유명하다.

편지도 있고, 야쓰하시(八橋)[26]가 이리저리 뻗혀있듯이 이런 저런 온
갖 말로 맹세하는 편지도 있고, 소원하지도 않은데 제비붓꽃 같은 보
랏빛 연정을 담은 편지도 있고, 싸리나무[27] 전설처럼 먼발치에서 봤
다는 편지도 있고, 뜻밖에 소식을 알리는 편지도 있고, 호소타니가와
강 외나무다리처럼 자꾸 되돌아오는 편지에 눈물 젖는다는 것도 있
고,[28] 무로노야시마에 연기가 피어오르듯 애타는 내 마음 알아달라는
편지도 있고,[29] 들판의 샘물처럼 뜨뜻미지근해져도 옛사랑을 알아 줄
거라는 편지도 있고, 눈 속의 홍매화같이 봄을 기다린다는 편지도 있
고, 이제 나도 모르겠다는 편지도 있었습니다.

두견새 소리 딱 한번만이라도 듣고 싶다며 처음 사랑에 빠지기 시
작했던 내가 이토록 쇠약해져 버리니 어디 이루 비할 데가 없군요.”

소매로 얼굴을 훔치며 말하자 나리히라가 말을 이었다.

---

26) 야쓰하시(八橋). 아이치현 치류시(愛知縣 知立市)의 옛 지명으로, 그 이름은 흐르
　　는 강줄기가 거미발 같이 여덟 개로 나뉘어 있어 강마다 다리를 놓았다는 것에서
　　비롯되었다.
27) 싸리나무. 나가노현 시모이나군(長野縣 下伊那郡)에 있는 싸리나무로 멀리서는
　　보이지만 가까이서는 보이지 않는다는 전설 속의 나무이다.
28) 「호소타니가와강 외나무다리도 자꾸 밟으면 젖어가듯 돌아봐 주지 않아 눈물만
　　흘린다는 편지도 있고」. 〈헤이케 이야기(平家物語)〉의 「고자이쇼 투신(小宰相身
　　投)」 조에 다음과 같은 노래가 있다.
　　　　내 사랑은 호소타니가와강 외나무다리마냥　　我戀は細谷川の丸木橋
　　　　돌아봐주지 않아 소맷자락이 젖는구나　　　　ふみ返されてぬるる袖かな
　　호소타니가와강 외나무다리는 건너가다가 되돌아올 수밖에 없는(ふ〈踏〉み返さ
　　れて) 상황에 거듭 보낸 편지가 읽지도 않은 채 되돌아와(ふみ〈文〉返されて) 소
　　맷자락에 눈물이 젖는다는 뜻을 중첩시켜 놓았다.
29) 「무로노야시마에 연기가 피어오르듯 애타는 내 마음 알아달라는 편지도 있고」.
　　무로노야시마(室の八島)는 현재의 도치기현 소자마치(栃木縣 總社町)의 신사에
　　있었던 연못이다. 연못에 피어오르는 물안개가 연기처럼 보인 것에서 '연기가 피
　　어오르듯'이라고 표현했다.

"옛날을 너무 그리워하지 마시오. 만남은 헤어짐의 시작이며 태어남은 죽음의 시작인 것을. 그저 물거품 같은 이 세상 이제 와서 말씀하신들 새삼 무슨 소용이 있겠소? 말씀하셨던 숱한 편지들일랑 다 잊고 모든 생각도 다 떨쳐 버리고 '나무서방극락세계로 맞이하여 주소서' 하며 기도드리시오. 자신의 고통에서 벗어나 정든 소중한 이들을 구제해 주시오."

나리히라가 이렇게 설득을 하자, 고마치는 그제야 마음을 돌리는 듯 했다.

"참으로 고마운 말씀이십니다. 생사가 유랑하는 끝없는 방황 길에 길잡이가 되어 주셔서 고맙습니다. 아무리 생각해봐도 망상을 버리지 못하고 집착하는 것이 여자인가 봅니다. 당신을 관세음보살이라 생각하고 또 지장보살이라 생각하며 의지하겠어요."

"참된 길을 가고자 하면 부처님도 자비를 베풀어 주실 것이오. 나도 지난 옛적 일을 들려드리지요."

나리히라도 참회하는 마음으로 이야기를 시작했다.

"나도 마음을 옮겨가며 몸을 망쳐서까지 여색을 밝힌 것은 이루 다 헤아릴 수 없고, 살을 섞어가며 잔 여인이라도 마음에 담은 이는 얼마 되지 않소. 고작 열셋 정도이오. 첫째는 소메도노 왕후[30]이며, 둘째는 기노 아리쓰네[31]의 딸이고, 셋째는 사이구노 뇨고[32]입니다. 나머지 여

---

30) 소메도노(染殿) 왕후. 처음 섭정을 한 후지와라노 요시후사(藤原良房, 804~872)의 딸로 몬토쿠 왕(文德天皇, 재위 850~858)의 비(妃)이다.
31) 기노 아리쓰네(紀有常, 815~877). 헤이안 시대의 귀족으로 스오(周防, 야마구치현山口縣 동부 일대)의 태수(종4품)를 지냈다.
32) 사이구노 뇨고(齋宮女御). 뇨고는 내명부의 직급으로 왕후나 중궁의 아래이며 고이(更衣)의 위이다. 사이구(齋宮)는 이세 신궁(伊勢神宮)을 지키는 무녀로 왕족

인들은 〈이세 이야기〉[33]에 적어두었으니 보면 알 수 있을 것이오. 나도 정을 나눈 여인을 천 명이라 기록했었소. 그러나 모두 거짓된 사랑이었소. 이제 진정으로 애욕을 향한 집념의 구름은 걷혔으니 어찌 성불하지 않겠소? 세상사 필시 운명이란 있는 법이라고 암흑 같은 꿈속에나 전해지는 섭리, 늘 마음으로 생각하면서도 건성으로 듣고 넘겨버리니 그 누가 늙음을 초월할 수 있으리오. 도저히 벗어날 길이 없소. 꽃도 매한가지요. 꽃망울이 맺혀있는 중에 폭풍이 휘몰아쳐서 흩날리는가하면 달도 서산에 채 넘어가지 않았는데 구름에 가려져 있기도 하오. 이것은 생사의 갈림길과 같은 것으로 죄다 자신의 신세 같이 생각되는 거요. 이런 노래가 있소.

세상사를 무엇에 견주리, 동틀 무렵에
저어가는 뱃길 따라 이는 흰 물거품이여

이 노래에 나타나듯 세상의 이치가 다 그러하다 해도 숨 가쁘게 살다보니 마음의 여유가 없어 극락정토에 왕생하기를 빌지 못했소. 함께 정을 나눈 사람도 구원하도록 나도 광언기어의 헛됨을 떨쳐버리고 부처님께서 큰 자비를 베풀어주시도록 빌겠소."

그리고 나리히라는 사라지듯 없어졌다.

참으로 기이하구나. 꿈속에서 이야기를 나눈 마냥 어디로 사라진지

의 미혼 여성이 뽑혀 봉사했다. 사이구노 뇨고는 무라카미 왕(村上天皇)의 뇨고 기시(徽子)라고 알려져 있지만, 기시는 985년에 사망하여 아리와라와는 연대가 맞지 않는다.

33) 〈이세 이야기(伊勢物語)〉. 〈바리때 쓴 처녀〉, 주 6을 참조.

도 모르게 없어져 모습이 보이지 않다니 이 사람은 나리히라가 아니었던가. 아, 관세음보살이었구나 하는 생각이 들었다. 그리고 문 같지도 않은 초막의 문을 당겨 닫고 마을로 내려가려고 나섰다. 이 집 대문 저 집 대문 앞에 멈춰 서서 소매를 펼쳐서 '먹을 것을 좀 주시오.'라고 소리를 질렀다. 그의 모습을 본 사람들이 저마다 '옛날 그 고마치가 저렇게 늙어 빠졌어. 저 꼴 좀 보게들.'라며 외쳤다. 그러자 사람들이 여기저기서 모여들어 수군거려댔다.

　아아, 비참하구나. 교토 부근에는 나를 모르는 사람이 없구나 하며 고마치는 발길 닿는 대로 다리를 질질 끌며 도망가듯 피하였다. 산길을 헤매 걸으면서 먼 동국(東國)[34]으로 가자고 마음먹고 가는 중에 이리저리 주변 사람들에게 물어보니 벌써 오사카야마산이라고 하였

---

34) 동국(東國). 교토에서 동쪽 지역에 있는 관동 지방(關東地方)이나 동해 지방(東海地方)을 말한다.

다. 여기가 그 세미마루[35]가 버려진 곳인가 하여 물어도 대답해 주는 이도 없었다. 알 리가 없는 나그네를 가로막는 관문소는 있어도 고마치 발길을 멈추게 하는 관문지기는 없었다. 내 한 몸 추스르면 그만이지 그래 남 탓하지 말자 하여도 나의 인기척을 알리는 닭울음소리를 들으니 그저 눈물만 났다. 의지할 것은 대나무지팡이, 잘 곳은 풀 위, 풀 베개를 베고 정을 나눌 사람도 없는 채 소나무 그늘아래에 들어가 쉬다 쉬엄쉬엄 가는 중에 가가미야마산(鏡山)[36]이라는 거울산에 다다랐다. 자, 이 산에 들러 늙은 모습이라도 비춰보자며 잠시 발걸음을 멈추고 지금은 비록 초라한 신세가 되었지만 한 수 읊었다.

> 꽃인 양 화색도 담아다오 가가미야마산
> 봄 지나 때늦은 모습인들 비칠는지

그리고는 다시 읊었다.

> 사람 같지 않은 몸뚱이건만 뻐꾹새는
> 어이 나를 찾아 가가미야마산에서 우는지

동행하는 이도 방문할 이도 없이 어쨌든 맞은편 마을에 당도하였다. 딱히 정한 잠자리도 없고 비마저 추적추적 내렸다. 미노(美濃) 산에 한결같이 우뚝 선 소나무 한 그루처럼 변함없이 정담 나눌 친구도

---

35) 세미마루(蟬丸). 맹인인 가인(歌人)으로 비파의 명수였다. 다이고 왕(醍醐天皇, 재위 897~930)의 넷째 왕자라는 설도 있다.
36) 가가미노야마산(鏡山). 시가현 가모군(蒲生郡)에 있는 산이다.

없고 하여 서둘러 미노 지방[37]으로 내려갔다.

생각이나 했으리 미노 산의 한 그루 소나무마냥
굳게 맺은 언약 변하지 않으리라고

이렇게 읊은 노래가 있는데 그것은 거짓이다. 언약했던 것은 변해
버려 하늘에 떠 있는 달 아니고는 달리 친구도 없다. 이제 인생 얼마
남지 않았는지 미노에서 오와리[38]에 접어들었다. 이 몸 어찌 되려나.
나루미[39] 해변 바닷물이 밀려드는 저녁나절에 갈대밭 보금자리를 찾
아가며 우는 학 울음소리조차도 내 신세인양 처량하게 들렸다. 물길
질 하는 해녀 옷이 마를 틈 없듯 눈물로 소매를 적셔가며 여기저기를
지나왔다. 어쩌면 자신을 불러 세워 주리라 기대하며 요비쓰기[40] 마
을에 당도하였지만, 마쓰카제(松風)[41] 마을 주위에는 솔바람만 불어
대니 쓸쓸하기만 했다. 한밤에 울어대는 물떼새소리 가까이 들리는
나루미 개펄에서는 달이 기울면 바닷물이 찰 텐데 하며 야쓰하시에서
이런저런 걱정들로 벌써 마음이 무거웠다. 후타무라야마산과 미야지
야마산[42]을 지나 날도 이미 저물어 실로 덧없는 신세 언제 죽을지 그

---

37) 미노 지방(美濃國). 기후현(岐阜縣) 남쪽 지역에 해당한다.
38) 오와리(尾張). 아이치현(愛知縣) 서쪽 지역에 해당되고, 오와리(尾張)는 인생의
    황혼이란 뜻을 가진 오와리(終わり)를 중첩시켜 놓았다.
39) 나루미(鳴海). 나고야시 미도리구(名古屋市 綠區)이다.
40) 요비쓰기(呼續). 나고야시 미나미구(南區)이다.
41) 마쓰카제(松風). 나고야시 미도리구이다.
42) 후타무라야마산(二村山), 미야지야마산(宮路山). 아이치현 도요아케시(愛知縣
    豊明市)에 있는 산들이다.

날이 궁금하다. 도토미[43] 사요노나카야마산[44] 산마루는 그나마 살아 있으니 넘고 있지만 괴롭다고 이리 불평을 늘어놓는 것도 아직 명줄이 붙어 있기 때문이라. 풀을 베고 누워서,

> 나무아래 객지잠 자며 이슬에 젖은 소매에
> 늦가을 비 뿌리네 사요노나카야마산

라고 읊조리게 되니 고상하고 우아하지만, 무슨 죄가 많아 이토록 괴로운 몸을 이끌며 떠도는 것인지 하는 사이에 스루가 우쓰[45] 산길을 넘었다. 그 옛날은 꿈에도 하물며 생시에도 보지 못했던 외로운 산길, 누가 걸어간 흔적 없는 넝쿨 무성한 오솔길을 헤쳐 가자니 누더기 옷마저도 너덜너덜해졌다. 이제 또 무엇을 걸쳐야 할지 하며 울면서 오키쓰[46]의 물떼새소리 들으며 기요미 관문소[47]에 도착했다. 후지산을 바라보니 봉우리에는 연기가 피어오르고 노를 저어 나가는 미호 해변 솔 숲 너머로는 물보라가 일었다. 여든을 넘긴 몸이지만 그 옛날 가인이 불렀던 노래가 어설프다고 생각되어 읊어보았다.

---

43) 도토미(遠江). 시즈오카현(靜岡縣) 서쪽 지역이다.
44) 사요노나카야마산(小夜の中山). 시즈오카현 가케가와시(靜岡縣 掛川市)에서 하이바라군 가나야(榛原郡 金谷) 마을로 빠져나가는 곳에 있는 산마루로, 달(月)로 유명한 명승지였다.
45) 우쓰(宇津). 시즈오카현 시즈오카시와 후지에다시(藤枝市) 사이에 있는 산길이다.
46) 오키쓰(興津). 시즈오카현 시미즈시(淸水市)이다.
47) 기요미 관문소(淸見が關). 시즈오카현 시즈오카시에 있었던 관문소로 기요미 해안으로 뻗은 산에 있었다. 경치가 빼어난 '기요미 해안'의 시어(詩語)를 이끌어 내는 데 사용되었다.

> 기요미 해안이거늘 마음에 이는 상념 막을 길 없네
> 어스름 달빛 찬 바닷길을 바라보니

또한 사이교 법사[48]가 읊은 노래에,

> 후지산의 연기가 바람에 흩날려 하늘로 사라지듯
> 갈길 몰라 헤매는 나의 마음이여

라고 하는 마음도 지금에야 절실히 와 닿았다. 그저 힘든 것은 먼 동국(東國)으로 가는 길에 외딴집에서 거적을 깔아 자야하는 것이라. 저먼 교토 하늘을 바라보며 오늘은 아픈 몸을 이끌고 우키시마 들판[49]을 헤매다가 오가는 행인을 이정표 삼아 더듬더듬 나아갔다. 어디로 가야 할지도 모르겠고 끝도 없는 무사시노 들판[50] 끝자락, 풀잎에 맺힌 이슬에 젖어 길가 햇고사리를 꺾어 든 채 서 있었다. 이것도 이슬 같이 덧없는 명줄을 연명하고자 함이라. 팔을 들어 올려 소맷자락으로 비도 가려보았다. 옛 노래에 「그래도 등자걸이에 등자를 걸어보건만」이라고 했던가. 어찌 사람들에게 정이 없겠는가 하며 밤마다 풀베개를 베고, 너덜한 옷에 풀을 거적삼아 깔아 누워 딱히 이렇다 할 생각 없이 날을 보내다 보니 미치노쿠[51] 시노부 마을이 가까워졌다.

---

48) 사이교 법사(西行法師, 1118~1190). 본명은 사토 노리키요(佐藤義淸)로 도바 상왕(鳥羽上皇, 재위 1107~1123)을 모셨던 무사였으나 1140년 23세의 나이로 출가했다. 중세 초에 성립된 칙찬가집인 〈신고킨와카슈(新古今和歌集)〉에 다수의 노래가 실려 있다.

49) 우키시마 들판(浮島が原). 시즈오카현 누마즈시(沼津市)에 있었던 들판이다.

50) 무사시노 들판(武藏野). 관동 평야(關東平野) 일부이다.

51) 미치노쿠(陸奧). 동북 지방에 해당하는 지역으로 이와테현(岩手縣), 후쿠시마현

봄 안개 일 적에 교토를 나섰는데 오늘은 가을바람 부는 시라카와 관문소[52]에 도착했다. 실로 목숨만큼 질긴 것은 세상에 또 없을 것이다. 먼 동국으로 길 떠나고자 옷을 입으며 한탄했던 것도 아무 소용이 없었다. 교토에서 살았던 옛일을 그리워하며 미치노쿠 시노부 산의 넉줄고사리로 소매도 물들여 보고 싶구나 하고 생각하였다. 미야기노 들판[53]에는 작은 싸리꽃에 참억새가 무리지어 피고, 염전에서 이는 연기는 시오가마[54]의 수많은 섬을 뒤덮고, 치가[55] 해변에서는 파도가 일었다. 아사카 늪[56]의 줄풀도 바라보며 오다에 다리[57]와 아부쿠마가 와강[58]을 지나, 유키미 마을[59]도 이제 바로 눈앞이었다. 하나카[60]의 벚꽃도, 다케쿠마의 나란히 선 소나무 두 그루도 봤다[61]는 노래도 들

(福島縣), 미야기현(宮城縣), 아오모리현(青森縣) 일대이다.

52) 시라카와 관문소(白河の關). 후쿠시마현 시라카와시(白河市)에 있으며 동북 지방으로 들어가는 관문소였다.

53) 미야기노 들판(宮城野). 미야기현 센다이시(宮城縣 仙台市) 동쪽에 있었던 들판으로 싸리꽃의 명소로 유명하였다.

54) 시오가마(塩竈). 미야기현 시오가마시(塩釜市)이다.

55) 치가 해변(千賀の浦). 미야기현 시오가마시 시오가마(塩竈) 해변을 말한다.

56) 아사카 늪(安積の沼). 후쿠시마현 고오리야마시(郡山市) 아사카산(安積山) 기슭에 있었던 늪이다.

57) 오다에 다리(緒絶の橋). 미야기현 오사키시(大崎市)에 있었던 다리이다.

58) 아부쿠마가와강(阿武隈川). 후쿠시마현 남부에서 미야기현 남부로 흐르는 강이다.

59) 유키미 마을(ゆきみの里). 어느 지역인지 확실하지 않다.

60) 하나카(はなか). 어느 지역인지 확실하지 않다.

61) 다케쿠마 소나무(武隈の松). 미야기현 나토리군 이와누마초 다케쿠마(宮城縣 名取郡 岩沼町 武隈)에 있는 소나무로, 밑동에서부터 가지가 두 개로 나누어져 있어 두 그루로 보여 옛 노래의 소재가 되었다. 채벌되고 풍파에 넘어지고 화재로 타 버린 것을 다시 심어 지금까지 내려오고 있다. 칙찬가집 〈고슈이와카슈(後拾遺和歌集)〉에는 다치바나노 스에미치(橘季通. 생몰년 미상)의 다음과 같은 노래가 실려 있다.

었다. 아코야[62]의 소나무나 아네하[63]의 소나무가 사람이었다면 교토
가는 길에 같이 가자고 할 텐데 하며 읊었던[64] 명소는 못 가보더라도
적어도 붓으로 옮겨 보고 싶었던 노랫말을 지금에 와서 보게 되다니
기뻤다. 그러나 괜스레 노래로 삼아본들 누가 고마치의 와카(和歌)라
며 향유해 주겠는가. 그럴 사람도 없다.

> 괴로운 몸에 병마가 찾아오려나 거적때기에
> 일곱 줄은 임 누이고 석 줄은 내가 눕고[65]

이렇게 읊은 노래와 같은 심정이려나. 머리에 흰 서리 내려앉고 이
마에는 고해의 파도가 물결쳤다. 목덜미까지 소매 없는 얇은 윗옷을
끌어올려 자는 동안에도 저 세상으로 갔으면 하고 바라지만, 새벽달
빛이 으스레하듯 내 모습도 그림자도 쇠약해질 대로 쇠약해 진 채 정

다케쿠마 소나무 두 그루를 교토 사람이　　　武隈の松はふた木を都人
　어떠했냐고 묻는다면 세 그루라고 해야지　　いかがと問はばみきと答へむ
이 노래에서는 세 그루(미키〈三木〉)는 봤다(미키〈見〉き)의 어음과 같아 '봤다'를
에둘러서 했던 말이다. 본 번역이 참고한 소학관(小學館) 저본에도 '武隈の松の
木立もみき'로 되어있다.

62) 아코야(阿古屋). 야마가타현 야마가타시(山形縣 山形市) 남동부 외곽이다.

63) 아네하(姉齒). 미야기현 구리하라군 간나리(宮城縣 栗原郡 金成) 마을이다.

64) 〈이세 이야기(伊勢物語)〉에는 다음과 같은 노래가 있다.
　　구리하라 아네하의 소나무가 사람이라면　　栗原のあねはの松の人ならば
　　교토에 '자' 함께 가자고 할 텐데　　　　　みやこのつとにいざといはましを

65) 소학관(小學館)의 저본 노래만으로는 아래 구의 해독이 불가하여 리카테문고(李
花亭文庫)에 실린 노래를 참조하여 번역하였다. 이와 관련된 노래는 〈후보쿠와카
쇼(夫木和歌抄)〉(1310년경) 가집(歌集)에서 찾아볼 수 있다.
　　미치노쿠의 열줄 왕골거적의 일곱 줄에는　　陸奥の十符菅菰ななふには
　　임을 누이고 나는 석 줄에 누우리　　　　君をねさせて我みふにねん

처 없는 길을 다시 나섰다. 누더기 입은 팔꿈치를 가는 지팡이에 기대고 삿갓과 도롱이도 버리지 못할 정도로 몸은 다하였구나 하면서도 죽을 날을 이렇게 마냥 기다려야 하는지 슬프고도 한탄스러웠다. 그래도 역시 아까운 것은 목숨줄이었다. 피하려 해도 피할 수 없는 늙음의 고갯마루, 간절해도 이루어지지 않는 가도(歌道)로구나 하며 세월을 좇으며 오늘은 미치노쿠 다마쓰쿠리 오노라는 들판에 머물렀다.

그렇게 날을 보내는 중에 마침내 고마치는 돌도 나무도 아니어서 덧없이 이슬과 함께 사라져 버렸다. 주변에는 풀이 무성하고 가느다란 억새 우거져 밤마다 스산한 바람이 불어댔다. 마치 바람소리가 깊은 속마음이라도 전하는 양 들려왔다. 찾아오는 이도 없으니 말을 걸어주는 일은 더더욱 없었다.

이상하게도 아리와라노 나리히라는 노래의 명소를 찾아나서는 길에 가슴 설레며 저 고마치가 헛되이 묻혀 있는 곳을 찾아가 보고자 하는데, 문득 마음에 집히는 것이 있어 잠시 쉬고 있자니 불어오는 바람결에 노래의 첫머리가 들려왔다.

저녁녘이면 가을바람 불어와 눈이 쓰라리네

역력히 사람목소리가 들려오기에 나리히라가 이어서 불렀다.

나라고는 하지 않으리 참억새 한 무더기

그 때 어디선지 모르게 자태가 고운 여인이 나타났다.

"어디서 온 뉘시기에 잡초가 무성한 이곳에 오셔서 노래를 이어받으시는지요? 이곳은 그 옛날 세상에 알려진 호색녀 고마치가 늙어 죽어 백골이 된 곳입니다. 혹여 교토에서 오신 분이라면 이런 곳이 있다고 나리히라님께 말씀 전해주십시오."

이렇게 말하고 다음을 이었다.

"왜 제가 이런 부탁을 드리느냐 하면 나리히라님은 정도 깊고 자애로운 분이라 고마치가 이미 이 세상 사람이 아니라고 들으면 틀림없이 찾아오실 것이기 때문입니다."

여인은 또한,

"나리히라(業平)님은 업(業)을 평평하게 펴준다는 한자를 쓰기에 나리히라님을 부르면 저절로 전생의 악업도 모두 사라질 것이기 때문입니다."

라고 하였다.

나리히라는 이것은 틀림없이 유령이라 생각되어 덤불을 헤쳐 보니 여인은 없고 그저 백골과 참억새 한 무더기가 자라나 있었다. 이를 보면 세상사가 얼마나 덧없으며 사람의 운명 또한 그와 다를 바가 없음을 알게 되니 아무리 재 넘어 떨어져 있더라도 찾아가 보지 않을 리가 없다.

이 이야기를 듣는 사람 또 읽으려는 사람은 서른 세 분의 관세음보살을 만들어 공양하는 것과 다름이 없다. 고마치는 여의륜관세음보살의 화신이었고 나리히라는 십일면관세음보살의 화신이었다. 한시라도 이를 헛되이 여겨서는 안 된다. '나무대자대비관세음보살'을 외우며 회향하는 것이 좋다.

8/사이키

만나고 나서야 객지잠의 외로움도 알았네
그대로 인해 소매가 이토록 젖을 줄이야

사이키

부젠 지방 우사[1]고을에 사이키(佐伯)라는 사람이 있었다. 그는 일족에게 영지를 빼앗겨서 교토로 올라와 소송을 해보았지만 일이 잘 진척되지 않아 허송세월만 보내고 있었다. 마냥 이렇게 있어서는 뜻대로 이루어지지 않을 것 같아 기요미즈데라절[2]에 참배하기로 마음먹었다. 이레 동안 묵으며 정성껏 기도하면 부처님이 무슨 계시를 내려주실 것이니 그 뜻에 맡겨보리라 생각하고 시동(侍童) 다케마쓰를 데리고 나섰다. 절에 당도하여 마음을 다해 기도를 올렸지만 그 어떤 계시도 받지 못했다. 그러다 은연중에 주위를 둘러보는데 나이가 스물은 되어 보이는 여인이 눈에 들어왔다. 여인의 자태는 세상에 둘도 없을 만큼 빼어나, 마치 물총새의 깃과 같이 반지르르 윤기 도는 머리

---

1) 부젠 지방(豊前國) 우사. 부젠 지방은 후쿠오카현(福岡縣)과 오이타현(大分縣)에 걸친 지역이다. 저본에는 우사가 우다(うだ)라고 표현되고 있지만 우사(うさ)의 잘못된 표기로 보이며 현재의 오이타현 우사시(宇佐市) 지역으로 추정된다.
2) 기요미즈데라절(淸水寺). 교토시 히가시야마구(東山區)에 있는 사찰이다.

카락이 검푸른 판자에 먹을 흘린 것처럼 등에 흘러내렸다. 초승달 모양으로 그린 눈썹은 푸르디푸르고, 앵두 같은 입술은 모란꽃잎을 겹쳐 놓은 듯 도톰하니 아름다웠다. 부처님의 삼십이상(三十二相)을 갖춘 고운 얼굴은 달도 시샘하고 꽃도 질투할 정도였다. 여인은 수정염주를 굴리며 한창 경을 읽고 있었는데, 사이키는 이왕 한 하늘아래 같이 살고 있노라면 저런 여인과 하룻밤이라도 보냈으면 하고 생각했다. 이런 생각이 들자 더 이상 참을 수 없어 말이라도 한 번 걸어보고자 다가가 물었다.

"불공드리러 오셨는지요?"

여인이 못 들은 척 하고 있기에 혹시 남편이 가까이 있어서 그러는가 하여 마음이 쓰였다.

어느덧 날도 밝아오고 있어 여인이 호기심 가득하고 장난기 어린 몸종에게 꾸러미를 들게 하여 경치가 잘 보이는 본당 마루로 나가기에, 사이키는 이대로 헤어지기가 못내 아쉬워 다가가 여인의 소맷자락을 붙잡으며 읊었다.

  헤어지자니 밀려오는 슬픔이여, 새벽을 알리는
  저 닭은 어인일로 목 놓아 우는지

  만나고 나서야 객지잠의 외로움도 알았네
  그대로 인해 소매가 이토록 젖을 줄이야

사이키의 노래에 여인도 생각에 잠기더니, 노래를 받은 사람이 답가를 하지 않으면 내세에 혀가 없는 사람으로 태어난다는 말이 있어서 사이키 쪽을 돌아보며 이런 노래를 던지고 가버렸다.

나도 그대와 한 마음이라 나그네 행색으로
여기 와서야 객지잠의 외로움도 알았네

사이키는 너무 아쉬워 시동 다케마쓰를 불러 일렀다.
"방금 전 그 여인을 따라가 집이 어디인지 알아오너라!"
시동은 들키지 않게 조심스레 여인의 뒤를 밟았다. 시조 다카쿠라
에서 제법 고상한 저택으로 들어가기에 따라가 보았다. 여인은 넓은
툇마루에 올라 미닫이문을 열고 들어가면서 뒤를 돌아보자 시동이 따
라와 있었다. 여인이 그를 지긋이 보고는 엷은 미소를 띠며 멈춰 서
있으려니 시동이 다가왔고, 그때 여인은 입을 열었다.

"네 상전에게 가서 '때까치가 풀덤불에 가만히 숨어들듯이'라는 말을 전하거라."

여인은 이 한마디를 남긴 채 안으로 들어가 버렸다.

시동이 서둘러 되돌아와 사이키에게 있었던 대로 고하자, 사이키는 그 말의 뜻을 골똘히 생각하다가 '참 그렇지, 이 여인의 말이 무엇을 의미하는지 알 수 있는 노래가 있었지' 하며 떠올렸다.

풀덤불 속에 있노라면 일어나서는 안 되느니
때까치 숨어들듯 오늘밤 넘기지 마오

여인의 말뜻을 알아차린 사이키는 허겁지겁 옷단장을 하고 서둘러 여인의 집으로 향했다. 여인도 오늘밤에 오라고 했던 터라 이제나 저제나 하며 기다리고 있었다. 그새 당도한 사이키는 집안으로 성큼 걸어 들어가서는 이렇다 할 정담도 나누지 않은 채 해로동혈(偕老同穴)의 인연을 뜨겁게 맺었다.

이 여인은 고귀한 신분으로 대대로 궁중에도 진상물을 올리고 있었기에 그의 도움으로 사이키는 얼마 지나지 않아 영지소송도 잘 처리가 되어 이제는 부젠으로 돌아가야겠다며 준비를 하기 시작했는데, 여인이 잠시도 떨어지기 싫다며 울어대서 차마 내려가지 못하고 있었다. 그러던 차에 어느 날 사이키가 말을 꺼냈다.

"지금이라도 당장 당신을 데리고 내려가고 싶지만 종놈 다케마쓰 하나밖에 없어 그렇게도 할 수 없구려. 내 내려가는 대로 바로 사람을 보내리다. 그때까지 떨어져 있으려니 나도 심히 괴롭소."

그러고 나서,

"마음이 하나이라 내 가는 길이 무사하도록 빌어주고. 나를 잊지 않고 기다리고 있으면 데리러 올 테니 그때까지 이것을 위안삼고 있구려."

하고 귀밑머리를 조금 잘라 주었다. 여인도 잊지 못할 것이라는 말만 되풀이하였다.

사이키는 쓰쿠시로 내려갔다. 도착하여서는 영지 일도 잘 해결되고 해서 날마다 밤을 새워가며 술잔치를 벌여 춤추며 즐겼다.

이렇게 하루하루 보내다 보니 어느덧 해가 세 번이나 바뀌었지만 교토에는 사람을 보내지 않았다. 여인은 이제나 저제나 하며 기다렸는데 아무런 소식이 없었다. 문가에 바람이 살짝만 스쳐도 소식이 온 건가하며 기다렸지만 끝내 없었다. 견디기가 괴로워 기요미즈데라절에 참배하여 기도를 올렸다. 하루는 한 스님이 가마쿠라(鎌倉)에 간다는 소문을 듣고[3] 편지라도 써서 전할 요량으로 부탁을 하니 다행히도 스님은 '기꺼이'라고 해주어 글을 적어 건넸다.

스님은 편지를 받아들고 말했다.

"수행에 오르는 길이라 편지를 전하는 것은 몰라도 답장은 가져올지 기약을 못 합니다."

"편지만이라도 전할 수 있다면야 기쁘겠습니다."

여인은 하염없이 울었다. 스님도 무슨 사연인지는 모르지만 불쌍히 여기며 서둘러 길을 떠났다. 머지않아 부젠에 도착하여 사이키의 집을 찾아갔다.

---

3) 여인이 있는 교토에서 사이키가 있는 부젠은 서쪽 방향이 되며 가마쿠라는 동쪽 방향이라 반대의 길이 된다. 작자의 지리적 착오가 있었던 것으로 보인다.

"이 편지는 교토에서 부탁받은 것이오."

마침 사이키는 매사냥을 나가 이삼일이 되도록 돌아오지 않았다. 스님은 편지를 전달하고는 그대로 돌아가 버렸다. 편지는 부인이 받았다.

그쪽 방향으로 가는 인편이 있어 소식을 전하게 되어 기쁩니다. 그런데 떠난 후로는 억새밭에 서리 내려 온통 시들도록 당신은 아무런 소식도 없네요. 덧없고 보잘 것 없는 풀잎 끄트머리에 내린 이슬도 가을이 지나 흔적도 없이 사라지고, 빛깔이 서로 다른 칡잎의 앞뒤와 같이 변해버린 사람을 원망해 보지만, 그래도 시든 덩굴이 휘감듯 온통 당신생각 뿐입니다. 그게 지금 저의 심정입니다. 하다못해 그리움을 달래고자 저무는 달을 올려보려 해도 함께 바라볼 사람이 없군요. 밤도 훌쩍 지나 새벽녘에는 정을 나눈 방으로 돌아와 늦으나마 우리가 입었던 옷을 혼자 두르고 당신의 모습을 꿈에서나마 보고 싶은데. 쉬이 잠들지 못하니 꿈조차 꾸어지지 않더군요. 방 한 켠에 홀로 소맷자락 깔고 누워 있으니 구름 저 멀리 줄지어 날아가는 기러기 떼마저 짝 잃은 원앙새처럼 보입니다. 찬 서리 내리고 학 울음소리 들리는 밤에 꿈속에서나마 보고 싶은데 그조차 마음대로 되지 않아요. 당신이 그리워서 사무치지만, 그래도 다시 '보자!'고 한 사람이 있기에 마치 꿈을 꾸는 듯하고 하늘을 날아가는 새 한 쌍이, 있을 수 없는 일이라도 '같이 하자!' 하는 소리를 들으면 얼굴이 붉어진답니다. 작은 고깃배가 물길 따라 흔들리는 것처럼 내 마음도 갈피를 못 잡고 혼자서 애를 태우고 있습니다. 들녘 저 멀리 들려오는 저녁 종소리가 멀어져가듯 기대마저 사라져버리니 괴롭습니다.

그리고,

"남이 볼까 두려우니 얼른 태워 버리세요."

이런 말과 함께 편지 말미에는 노래 한 수가 적혀 있었다.

    볼 적마다 속을 태우는 머리카락이

    몸서리쳐져 보내리다 임자 있는 우사로

사이키가 우사로 내려올 즈음 여인에게 보고 싶을 때 보라고 한 가닥 잘라 준 귀밑머리도 같이 들어 있었다. 부인이 이것을 보고 생각했다. '참으로 마음이 곱기도 하지. 정감은 또 얼마나 있고. 이리 참한 여인을 어찌 불러들이지 않을 수 있단 말인가. 저런 무심한 남자에게 이말을 했다간 무슨 일이 생길지도 몰라. 꾀를 써 봐야겠어.'

이윽고 사이키가 매사냥에서 돌아왔다.

"제 여동생이 교토에서 믿고 의지하며 살던 사람이 있었는데 그 사람이 박정하게도 다른 여자에게 마음이 팔려 동생을 내쳤다고 하네요. 그래서 나에게 모든 것을 부탁하며 내려오겠다고 편지로 소식을 보내왔어요. 데리러 가게 해 주세요."

"뭐 어려운 일이겠소. 당장 데리러 올려 보내지 그러시오."

사이키가 아랫것을 시켜 사람을 보내려고 하는데 그때 부인은 잠깐 생각을 돌려 꾀를 부렸다.

"편지를 쓸 수가 없습니다. 나으리께서 한 자 적어 보내주시지요."

"그렇다면야……."

사이키가 몇 글자 적었다.

'그간 뜻하지 않게 연락을 취하지 못하던 차에 자네 편지를 받고 기

뻐 눈을 뗄 수가 없었다네. 곧바로 사람을 보낼 테니 서둘러 내려오게. 자세한 얘기는 만나서 함세.'

심부름꾼이 교토로 출발하여 이내 당도했다. 사이키는 그 사이 새로운 거처를 마련하고 기다렸다. 교토에서는 몹시 기뻐하며 부젠으로 향했는데 얼마 되지 않아 당도했다. 새 사람이 온다며 모두들 웅성대기 시작했고 내려온 여인을 거처로 들게 했다. 부인이 나와 보고는 생각했다. '생각한 대로 고운 여인이구나. 그 옛날 이부인, 양귀비, 소토오리 히메, 오노노 고마치가 절세가인들이라 들었지만 어찌 이에 비할 수 있을까. 여자인 내가 봐도 너무 예뻐 같이 서 있을 수 없을 정도이네. 이리 아리따운 사람인데 이제까지 입 밖에도 낸 적이 없더란 말인가. 이러니 오랜 시간 교토에 머물면서도 내 생각을 한 적이 단 한 번도 없었을 게야. 이렇게 정나미 떨어지는 남자를 의지해 왔다니 나야말로 어리석기 짝이 없네.' 이렇게 생각하고는 머리를 깎고 출가하려고 하였다. 부인이 이렇게 다른 생각 없이 출가를 결심한 마음은 참으로 어질다 할 것이다.

부인은 남편에게 말했다.

"교토의 손님을 여기까지 모셨으니 어서 가 보세요."

남편은 곧바로 여인의 거처로 건너갔다.

그런 후 부인은 머리를 깎아 편지와 함께 남겨두고 집을 나섰다. 교토의 여인이 이러한 사정을 듣고는 생각했다. '마음이 참 고우신 분이구나. 신분이 귀하거나 천하거나 질투하는 것이 인지상정이거늘. 이렇게 생각이 깊으신 분을 어찌 혼자 내버려 둘 수 있단 말인가. 사이키님을 다시 만나 그동안 못 다한 회포를 풀 수 있었던 것도 다 부인이 마음을 써 준 덕분이니 나도 따라 출가해야겠어.' 여인은 이런 생각이 미치자 그길로 머리를 깎고 부인이 있는 암자로 가서 함께 수행에 정진하였다.

사이키는 두 부인에게 버림받고 살아있어도 사는 것 같지 않아 그도 상투를 잘라 서쪽[4]으로 내던지고는 고야산[5]으로 들어갔다. 이 또한 기요미즈 관세음보살께서 하신 방편이었다. 세 사람은 모두 구제받아 함께 불도에 정진한 끝에 극락왕생의 뜻을 이루어 아미타불, 관세음보살, 대세지보살로 각각 현현하였다. 삼존불은 이 세 사람이라고 전해진다. 참으로 경이롭고 존엄한 자비로움이었다.

---

4) 출가의 뜻으로 상투를 잘라 아미타불의 서방정토를 향해 던진 것이다.
5) 고야산(高野山). 와카야마현 이토군(和歌山縣 伊都郡)에 위치한 산이다. 〈세 승려의 참회〉, 주 1을 참조.

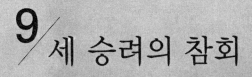

9/세 승려의 참회

초목마저 우리를 가련타 여기는가요
눈물같이 흐르는 이슬을 바라보니

세 승려의 참회

〈상〉

고야산[1]은 궁궐에서 아득하고 도읍지에서도 멀리 떨어진 인적 드문 곳이었다. 여덟 봉우리로 둘러싸인 산은 높고 험준하며 여덟 갈래 계곡은 깊고 고즈넉하였다. 홍법대사[2]가 입적하였고 미륵보살이 세상에 내려와 삼회설법으로 중생을 제도할 영험한 산이었다. 하여 좌선입정하기 좋고 염불삼매에 들기도 좋았다. 여기에 세상사 덧없음을 느끼던 참에 느지막이 출가를 한 세 승려가 있었는데 저마다 따로 참선을 하다가 한 곳에 모여 이야기를 나누었다. 한 승려가 말을 꺼냈다.

"우리 모두 나이가 들어 출가하였소. 속세를 떠난 그 연유는 무엇인

---

1) 고야산(高野山). 와카야마현 이토군(和歌山縣 伊都郡)에 위치한 산으로 헤이안 시대(平安時代, 794~1192)의 승려 구카이(空海, 774~835)가 수행을 했던 일본불교의 성지이다.
2) 홍법대사(弘法大師). 구카이를 이른다.

지요. 좌선하는 것도 좋지만 참회하면 죄가 멸한다고 하니 뭐가 어려운 일이겠소. 서로 지은 업을 이야기해 보는 것이 어떻겠소?"

그 중에 마흔 두셋 되어 보이는 승려가 있었다. 난행고행(難行苦行)으로 야위고 쇠약해 보였지만 이를 검게 물들인 것이 심상치 않았다. 옷은 군데군데 너덜하고 폭이 있는 괘라[3]를 걸치고 있었는데 이런 저런 생각이 많아 보였다.

"그렇다면 소승이 먼저 시작하지요."

하고 이야기를 시작했다.

교토의 일이라 익히 들어 알고 있으리라 생각되오만. 다카우지 쇼군[4] 시절이었지요. 그때 나는 가스야 시로자에몬(糟谷四良左衛門)이

---

3) 괘라(掛羅). 가사(袈裟)의 일종이다.

4) 다카우지 쇼군(尊氏將軍). 아시카가 다카우지(足利尊氏, 1305~1358)로, 무로마치 막부(室町幕府, 1336~1573)를 연 초대 장군(재직, 1338~1358)이었다.

라 하였는데 나이 열셋 되던 해부터 쇼군을 측근에서 모셨지요. 쇼군께서 절이나 신사에 납시든 달구경 꽃구경을 가시든 늘 곁에서 뫼시었소.

하루는 니조도노[5]가 계시는 궁으로 납시었을 때의 일이오. 마침 시종들이 모여 이야기를 나누고 있었는데, 나한테도 사람을 보내 왜 이리 늦느냐며 두세 번이나 재촉하기에 자꾸 그쪽에 마음이 쓰였소. 쇼군께서 돌아가시려면 좀 더 있어야 되겠나 하여 계신 곳을 슬쩍 살펴보았소. 술이 두세 잔 돌았을 즈음 선물 같은 것이 나왔지요. 여인네들이 널따란 받침대에 기모노를 얹어 가지고 나오는데 한 여인은 아직 스물이 안 되어 보였다오. 그 여인은 명주옷을 속에 받쳐 입고 그 위에 홍화녹엽(紅花綠葉) 같은 알록달록한 기모노를 걸치고 다홍색 바지 하카마를 입고 있었소. 키만큼이나 찰랑찰랑 늘어뜨린 머리카락이 형언할 수 없을 정도로 아리따웠지요. 당나라 양귀비, 한나라 이부인, 소토오리히메[6], 오노노 고마치[7], 소메도노 왕후[8] 그리고 그 어떤 뇨고, 고이[9]인들 어찌 이보다 낫겠나 싶었소. 사람으로 태어났다면 저러한 여인과 말도 섞어 보고 하루 밤 같이 보내 보고도 싶었다

---

5) 니조도노(二條殿). 니조 요시모토(二條良基, 1320~388)를 말한다. 남북조 시대 (南北朝時代, 1336~1392)의 섭정(攝政) 및 관백(關白)을 지낸 사람으로 태정대신 (太政大臣)을 역임하였다.

6) 소토오리히메(衣通姬). 〈기녀 고마치〉, 주 3을 참조.

7) 오노노 고마치(小野小町). 〈기녀 고마치〉, 주 2를 참조. 이 책에 실린 〈기녀 고마치〉는 그를 빗대어 쓰여진 작품이다.

8) 소메도노(染殿). 몬토쿠 왕(文德天皇, 재위 850~858)의 비이다. 후지와라 메시(藤原明子)가 본명이며 메시가 왕비가 되자 후지와라가 외척으로 실권을 잡았다. 섭관정치의 발단이 되는 인물이었다.

9) 내명부의 서열은 왕후(后)나 중궁이 가장 높고 다음으로 뇨고(女御), 고이(更衣) 순이다.

오. 하다못해 밖으로 나오면 한번만이라도 찬찬히 보고 싶은데, 첫눈에 가슴이 타들어 갔지요. 그러고 나서는 여인을 향한 마음은 사그라지지 않고 막 미칠 것만 같았소.

얼마 지나 쇼군을 댁에 모셔다 드리고 저도 집에 돌아왔습니다만 그 후로는 그때 보았던 여인을 잊을 수가 없어 곡기도 끊고 누워 네닷새 동안 출사도 못했지요. 그러자 쇼군께서 가스야가 요즈음 보이지 않는다고 물으셨다 하오. 아파서 그렇다고 말씀드렸나 본데, 의원을 불러 치료해 주라며 보내주셔서 의원이 직접 우리 집에까지 왔었지요. 에보시[10]를 쓰고 히타타레[11]를 차려입고 일어나 마주 앉으니 의원은 맥을 짚어 보고 제자리로 물러나서 말했소.

"거참 이상도 합니다. 딱히 무슨 병이라 말씀드리기가 뭣합니다만, 분통터지는 일이라도 있는 것인지요? 아니면 소송을 할 만한 큰일이라도 있습니까?"

하지만 나는 아무런 내색을 하지 않았지요.

"어릴 적부터 자주 아프기도 했었소만. 몸조리를 잘 하면 열네 닷새 지나 말짱해지곤 하오. 그러니 좀 기다리면 다 나을 것이외다. 별 큰일도 아니니."

의원이 돌아가서 쇼군께 다른 얘기까지 드렸던 모양이오.

"가스야가 병에 걸린 것 같지는 않습니다만, 혹 신변에 큰일이라도 생겼는지. 아니면 예전 같았으면 이런 것을 상사병이라고도 합니다

10) 에보시(烏帽子). 3품 이상의 귀족이나 무사가 쓰던 건(巾)의 일종으로 처음에는 검게 옻칠한 견사(絹紗) 등으로 만들었으나 후에 종이로 만들어 옻을 칠해 굳혔다. 위계에 따라 모양이나 칠이 다른데 지금은 신관(神官)이 쓴다.
11) 히타타레(直垂). 〈분쇼 장자〉, 주 22를 참조.

만."

"요사이라고 상사병이 없을 리가 있겠느냐? 가서 가스야의 마음을
알아 오너라."

"가스야는 사사키 사부로자에몬(佐々木三朗左衛門)과 친하게 지
냈사옵니다만……."

누군가가 이렇게 말씀을 드렸던 모양으로 사사키를 불러 오라는 분
부가 있었소.

"가스야한테 가거라. 가서 보살펴 주며 심중을 물어 무슨 연유인지
알아오너라."

사사키가 내게 오더니 원망 섞인 말부터 꺼내더군요.

"많은 동료들 가운데 자네와 나는 형제와 같이 지내자고 약속을 한
사이인데, 이리 앓도록 일언반구도 없었더란 말인가?"

그가 이래저래 푸념을 하기에 제가 말했지요.

"걱정할 정도는 아니라네. 홀로 계신 노모에게조차도 알리지 않았
으니 말일세. 섭섭해 하지 마시게. 더 큰 일이 있었다면 제일 먼저 자
네에게 알렸을 걸세. 요란스럽게 그러지 말고 돌아가게나. 나도 나지
만 혹 궁 안에 무슨 일이라도 일어나면 안 되지 않는가?"

거듭 돌아가라고 해도 좀 더 지켜봐야 한다며 네 닷새를 곁에 붙
어 있었소. 내 심중을 물었을 때 처음에는 숨길 생각이었지만 너무 잘
해 주며 그러니 그만 속에 있는 말을 다 해 버렸다오. 사사키는 내 이
야기를 듣고 '자네는 가슴앓이를 하고 있었구먼. 별일도 아니었네, 그
려.'라며 자리를 털고 일어나 돌아갔소. 그리고 그런 이야기를 쇼군께
죄다 고해 바쳤던 모양이오.

쇼군께서는 그러한 일이 있었더냐며 대수롭지 않은 듯 말씀하시고

는 고맙게도 손수 편지를 써서 사사키에게 전달하여 니조도노께 올리도록 했지요. 그러자 니조도노로부터 답장이 왔습디다. 오노에(尾上)라는 시중드는 여인이 있기는 한데 궁궐에 출사하지 않는 자에게 보낼 수는 없으니 오노에를 좋아하는 그 자를 이쪽으로 보내라는 그러한 내용이었다고 하오. 그 편지를 내가 있는 곳까지 보내주셨소. 쇼군의 은혜를 어찌 갚아야 할지 모를 지경이었지요.

그렇긴 하더라도 참으로 뜻대로 되지 않는 몹쓸 세상이란 생각이 들었소. 설령 오노에를 만나더라도 다만 일장춘몽과 같은 하룻밤이 아니겠소이까? 이야말로 출가해야 마땅하다 생각되었소만, 한편 달리 생각해 보니 가스야가 니조도노 궁에 있는 여인을 사랑하게 되어 쇼군이 특별히 신경을 써 주셨는데 미리 주눅 들어 만나보지도 못하고 출가했다고 한다면 일생의 수치일 거라는 생각이 들었소. 하룻밤으로 끝나더라도 만나고 난 후에야 어떻게든 될 것이라고 생각했지요. 그러던 어느 날 밤 결심하고 뭐 별로 준비랄 것도 아니지만 말끔하게 차려입고 아랫것 세 놈을 데리고 사정을 잘 아는 사람을 앞세워 한밤중에 니조도노 궁으로 찾아갔지요. 도착해서는 병풍과 당화로 장식되어 있는 손님방으로 들어갔는데, 오노에와 비슷해 보이는 여인 네댓이 아리땁게 치장하고 나와 있었소. 그리고 각각 술 두세 잔이 돈 후에는 차와 향 놀이가 연이어 이어졌지요. 오노에를 딱 한번 보았기에 누가 오노에인지 모두가 고와 분간할 수 없어 당혹스러웠다오. 그러던 차에 한 여인이 다 마신 잔을 들고 내가 있는 쪽으로 다가오더이다. 사람 하나 거리를 두고 술잔을 따르기에 이 사람이 오노에구나 하고 알아차리고 잔을 받아들었지요.

이윽고 날이 샐 즈음 새벽닭 울음소리가 들리고 절에서는 종소리가 울렸소. 헤어질 시간이 되어 서로 앞날을 언약하고 채 어두움이 가시기 전에 오노에가 돌아가는데 자다 일어난 흐트러진 머리카락 사이로 묻어나는 화사한 얼굴, 푸른빛 눈썹, 앵두 같은 입술, 그 모든 것이 사랑스러웠소. 툇마루로 걸어가며 그녀가 노래를 읊더이다.

뜻밖이어라 하룻밤 보낸 사람이거늘
오늘아침은 소맷자락에 하얀 이슬 맺혔네

그래서 나도 그에 응수했지요.

그리다 만난 밤에 적신 소맷자락 하얀 이슬을
당신과의 추억으로 고이 간직하리라

그 후로는 니조도노 궁에 드나들었소. 또 가끔은 우리 집으로 몰래 들게도 했는데 쇼군께서 우리들을 보시고 고생스럽겠다고 생각하셨는지 오우미[12] 지역에 천석천관(千石千貫) 될 만한 땅을 내려주셨지요.

나는 달마다 스무나흘이 되면 기타노텐진[13] 신사에 참배하러 갔는데 오노에한테 정신이 팔린 후로는 참배를 게을리 하고 있었소. 때마침 섣달 스무나흘 저녁으로 세밑이기도 하여 그 동안 태만했던 것을

---

12) 오우미(近江). 비와호(琵琶湖)의 동쪽 연안으로 시가현 북동부(滋賀縣 北東部)와 마이바라시 남서부(米原市南西部)에 해당하다.
13) 기타노텐진(北野天神). 교토시 가미교쿠(京都市 上京區)에 위치하며 학문의 신으로 알려져 있는 스가와라노 미치자네(菅原道眞)를 안치한 신사이다.

참회할 요량으로 신사에 참배하였지요. 밤늦게까지 염불을 하는데 옆에서 말소리가 들려왔소.

"아이고, 안 됐네. 어디에 사는 누구인지……."

무슨 연유로 그러는지 궁금하여 자초지종을 물어보았지요. 그러자 지금 교토의 여차여차 한 곳에서 나이 한 열일곱 여덟 되는 여자가 살해되었는데 옷가지도 홀랑 벗겨져 있었다는 것이었소. 왠지 안 좋은 예감이 들어 옷도 입는 둥 마는 둥 급하게 달려가 보았습니다. 예상했던 대로 오노에가 죽어 있는 것이 아니겠소. 이게 대체 무슨 일이냐며 앞뒤 분간을 못하고 있는데 머리카락마저 잘려 있어 정말 기가 막혔소. 도대체 전생에 무슨 죄를 지었길래 이런 경우를 당해야 하는지 차마 눈뜨고는 못 볼 지경이었다오. 이 여인을 만나는 것이 큰 즐거움이었는데 먼저 가 버릴 사람에게 어찌 이 마음을 다 주었단 말인지 참으로 원망스러웠소. 나 때문에 아직 채 스물도 되지 않는 여자의 몸으로 그런 사악한 칼날에 헛되이 목숨을 잃었다고 생각하니……. 그때 내 마음을 생각해 보시오. 제 아무리 무서운 귀신인들, 혹은 삼백기 오백기 되는 적진인들 뛰어들어 마음껏 싸우고 버려질 목숨이라면 티끌만큼도 아깝지 않겠지만, 내가 모르는 곳에서 일어난 일을 어떻게 할 도리가 없지 않소. 그래서 바로 그날 밤에 상투를 자르고는 중이 되었지요. 이 산에 올라와 그 여인의 극락왕생을 빌어온 지도 어언 스무 해나 되오.

두 승려는 가스야의 이야기를 죽 듣고는 참지 못하고 눈물을 훔쳤다. 또 한 승려는 나이가 오십쯤 되어 보였는데 키는 육척 장신인데다 울대가 툭 튀어 나왔고 주걱턱에 광대뼈는 몹시 불거져 있었다. 눈은 부리부리하고 주먹코에다 입술이 두툼했다. 얼굴빛이 검고 우락부락한 체격이었다. 너덜너덜한 옷을 걸치고 패라는 품에 끼워 넣은 채로 커다란 염주를 돌리며 말했다.

"이번에는 제 이야기를 들려드리지요."

"어디 한 번 들어 봅시다."

"이상한 일도 다 있군요. 그 여인은 제가 죽였습니다."

그러자 한카이[14]의 안색이 변하더니 자세를 바꾸어 당장이라도 달려들 듯했다. 그때 험상궂게 생긴 승려가 말했다.

"좀 진정해 보시오. 그간의 일을 소상히 말씀드리리다."

한카이가 마음을 가라앉혔다.

"어서 말해 보오."

험상궂은 승려가 이야기를 시작했다.

교토 분이라 하시니 아마도 들으신 적이 있을 거요. 나는 산조(三條)의 아라고로(荒五郎)라는 사람이었소. 나이 아홉 되던 해에 도둑질을 시작하여 열 셋 되던 해에 처음 사람을 죽이고 그때부터 그 여인까지 모두 삼백 여든 남짓을 죽였소. 할 짓이라고는 날강도와 도둑질밖에 없었소. 그런데 전생의 업보가 쌓여서인지 그 해 시월부터 강도질을 해도 제대로 되지 않았고 산적질을 해도 시원찮았소. 이번에는 틀림없다고 생각했던 것도 모두가 어긋날 뿐이라 힘들게 지낼 때여서 조석도 제대로 끓여 먹지 못해 처자식의 몰골이 형편없었소. 마음도 힘들어 동짓달부터는 집을 나와 오래된 절간 처마 밑이나 신사 여기

---

14) 가스야를 말한다.

저기에서 밤을 보내며 하루하루를 떠돌아 다녔소. 그러던 중 어느 날 처자식은 어떻게 되었는지 궁금하여 가 보았더니 집사람이 내 바짓가랑이를 붙들고는 울며불며 하소연하는 게 아니겠소.

"아이고, 이 몹쓸 인간아. 인정머리라고는 눈곱만큼도 없지. 부부 사이가 늘 좋을 수만은 없으니 새삼 한탄할 일도 아니지만 이제 인연도 다한 것 같고 마음도 변했으니 아무리 탓한들 무슨 소용이 있겠나. 얼른 갈라서자고. 여자 몸뚱이 하나는 어떻게든 살아갈 수 있을 테지만…… 설도 얼마 남지 않았고 어린 것들을 먹여 살려야 하거늘. 원래 가진 거라고는 눈곱만큼도 없거니와 장사도 못해 농사도 못 지어. 그저 하는 짓이란 도둑질이었는데 지금은 그것도 수월치가 않고. 자식들한테는 털끝만큼도 관심이 없으니. 더군다나 식구를 내팽개치고 밖으로 나도는 것도 모두 다 내 탓이려니 하지만. 집구석이 아무리 지긋지긋해도 그렇지. 아이들이 굶어 죽는 것을 보고만 있을 거냐? 요 며칠부터는 쌀도 떨어져 아궁이에 불도 못 때고 있다. 저 어린 것들이 배고프다며 울어대니 차마 딱해서 못 보겠다."

아내가 이렇게 막 퍼붓더군요. 그래서 내가 말했지요.

"전생에 지은 업보가 많아서이지. 그렇지 않고서야 하는 일마다 어찌 되는 게 없단 말인고. 요즘 밖으로 돌아다니기는 했지만 그래도 아이들이 마음에 걸려 돌아왔네 그려. 다 잘 될 것이니 기다려 보게나. 오늘 내일 중으로 어떻게든 될 터이니……"

이렇게 말하고 오늘 밤에는 무슨 일이 있어도 '꼭' 하고 마음먹고 빨리 해가 저물기를 기다렸소. 이윽고 저 멀리서 절의 종소리가 들려왔소. 날이 어둑어둑해졌을 무렵, 여느 때처럼 가져가던 칼을 챙겨 나갔지요. 그리고 어느 낡은 담벼락에 바짝 몸을 숨기고 이제나저제

사람이 지나가기를 기다렸소. 그때의 내 심중은 그 어떤 번쾌[15]나 장량[16]같은 자와 맞닥뜨려도 단칼에 베어버리겠다는 각오로 주먹을 불끈 쥐고 있었지요. 마침 그때 허름한 가마 하나가 지나가는데, 젊은 사람들이 가마를 따르며 잡담을 하고 있었소. 이 젊은이들은 내 힘으로는 도저히 감당이 안 되겠다 싶어 그냥 보내버렸소.

조금 있으니 한 정(町)[17]정도 떨어진 저 위쪽에서 좋은 향기가 풍겨오더이다. 이번에는 대단한 사람이 오는 모양인데, 아직 내 운이 다하지는 않았구나 싶어 기쁜 마음으로 건너다보니, 향기를 풍기면서 아리따운 여인이 몸종들과 재잘거리며 지나가는데 주변이 환해질 정도였소. 몸종 하나는 앞세우고 또 하나는 뒤에서 따라왔소. 바둑판무늬로 누빈 보따리를 들고 있었는데 나를 보고도 대수롭지 않은 듯 지나가더이다. 그래서 그들을 일부러 지나쳐 보내고는 그 뒤를 따라갔지요. 그러자 앞서가던 몸종이 나를 발견하고는 기겁하여 '어머나, 이를 어째.' 하고 도망을 쳤는데 어디로 갔는지 보이지 않았소. 곧바로 뒤를 따르던 몸종도 보따리를 내던지고는 '사람 살려 !' 하고 도망을 쳐버렸소. 그런데 이 여인은 조금도 당황하지 않고 소리도 지르지 않더군요. 나는 허리춤의 칼을 빼는 척 하며 쓰윽 다가가 매정하게 겉옷을 빼앗았소.

"속옷도 내놔라 !"

"부끄러우니 제발 속옷만은 봐 주세요."

---

15) 번쾌(樊噲). 한나라 고조 때의 공신으로 홍문(鴻門)의 회합에서 위급한 처지에 놓였던 유방을 구한 장수였다.
16) 장량(張良). 한신(韓信), 소하(蕭何)와 더불어 한초삼걸(漢初三傑)로 일컬어지는 인물로 유방을 도와 한나라를 세웠다.
17) 거리를 나타내는 단위로서 1정(町)은 약 109미터이다.

그러고는 가지고 있던 부적을 던지며 말하더군요.

"속옷대신 이것을."

그래도 이 악독무도한 놈은 소리를 질렀소.

"이것 가지고는 어림도 없지. 속옷도 벗어!"

"속옷마저 빼앗기면 부끄러워 어찌 살겠어요. 차라리 죽여주세요."

"그래? 죽여 달라면 죽여주지."

여인을 단칼에 찔러 죽이고 속옷에 피가 묻지 않도록 서둘러 벗겨 보따리를 가슴에 쑤셔 넣었소. 이 정도면 우리 집 여자들도 틀림없이 좋아하겠는데 하며 혼잣말을 내뱉고 서둘러 집으로 돌아와 문을 두드렸지요. 안에서 대답소리가 들려왔소.

"벌써 돌아오는 걸 보니 또 허탕 쳤구먼."

"어서 문이나 열어라."

보따리를 안으로 던져 주었더니 어느새 훔쳐 왔나 하며 다짜고짜 보따리에 달려들어 매듭을 잘라내고는 안에 있는 것을 꺼내더군요.

진한 향기가 물씬 풍겼소. 열두 겹 기모노였는데 알록달록한 것이 곱고, 바지 하카마는 붉은 빛깔이었소. 향기가 얼마나 진동하는지 담장 너머까지 다 알 정도였소. 우리 집 여자들이 좋아 난리를 치더이다. 집사람이 주제넘게 기모노를 걸치고는 말했소.

"내 생전 이런 건 처음이네. 이 정도 옷을 입었다면 틀림없이 젊은 여자일 게야. 어느 정도 되어 보이던가요?"

죽은 여자가 안 돼서 묻는가 생각하고는 대답했소.

"밤길이라 얼핏 보았지만 스물 두 셋 정도까지는 아니었던 것 같고, 열여덟 열아홉 정도였지 아마."

"그럼 그렇지."

그리고는 가타부타 말도 없이 밖으로 뛰쳐나가기에 무슨 일인가 하는데 잠시 지나 돌아와서 말하더이다.

"참 당신은 양반이구먼. 어차피 죄를 지을 거면 제대로 득이 되도록 해야지. 방금 내가 가서 머리카락을 잘라 왔어요. 이렇게 숱 많고 고운 머리카락은 좀체 없지요. 가발로 만들어야겠어. 옷 하고는 비교도 안 되지."

대야에 미지근한 물을 담아 흔들어 씻어 장대에 걸어 놓고는 춤추며 기뻐합디다.

"정말이지 여자한테는 이보다 더 좋은 보물은 없지. 아이, 좋아라."

이 여자 하는 꼬락서니를 가만히 지켜보고 있자니 너무나 천박하고 고약했소. 전생에 쌓은 인연이 있어 사람으로 태어났을 텐데. 사람의 몸을 받아 태어났다면 불법이라도 수행하여 착한 사람은 못되어도 세상사를 헤아릴 줄 아는 인간이 되어야 하거늘. 그마저도 못되고 흉악무도한 놈이 되어 밤낮으로 하는 짓이라고는 살생하고 도둑질만 일삼고 있으니. 그 인과로 마침내는 무간지옥에 떨어질 줄 알면서도 말이 오. 저런 악업을 지으며 부질없는 목숨만 질질 끌고 세상사 허망한 줄 모르다니 나 스스로 생각해도 한심하기 짝이 없었소. 또한 여자의 마음이란 얼마나 악랄한 건지 이루 말로 다할 수 없었다오. 이런 여자와 베갯머리 맞대고 부부의 연을 맺었다니 생각할수록 치가 떨렸소. 어찌 이리 무자비한 여자인가 하는 생각이 들자 무엇 때문에 그 여인을 죽였는지 생각할수록 불쌍하기 짝이 없어 미칠 것만 같았소. 아니, 이렇게 탄식만 하고 있을 게 아니라 이참에 상투를 자르고 불도에 귀의하여 그 여인의 혼령을 위로하고 나도 내생을 빌자는 마음이 들었소. 그래서 그날 밤 이치조 북쪽 겐에 법사[18]를 찾아가 제자로 입문하여 겐치쿠라는 법명을 하사받고는 이 산으로 들어온 것이오.

"스님께서는 참으로 분하고 원통하실 겁니다. 그만 이 소승을 죽여주시오. 몸이 갈기갈기 찢기더라도 원망하지 않으리다. 다만 저를 죽이더라도 그 여인을 위해서는 아무런 죗값도 되지 않을뿐더러 다시 업만 지을 뿐이라오. 소승이 이렇게 말씀드리는 것은 내 목숨이 아까워서가 아니라는 것을 삼보(三寶)께서도 알고 계실 것이오. 여하튼 모두 말씀을 드렸으니 이제는 스님 뜻대로 하시지요."

말을 끝내고는 소맷자락으로 눈물을 닦았다. 가스야 승려가 이야기를 쭉 듣고는 말을 했다.

"설령 우리 둘 다 세상 사람이 한 것과 같은 발심이라 한들 이런 모

---

18) 겐에 법사(玄惠法印, 1269~1350). 남북조 시대(南北朝時代, 1336~1392)의 고승이다

습을 하고 있는 이상 무슨 미운 마음이 들겠소. 하물며 그 사람으로 인해 발심을 했다 하니 오히려 잘 된 일 아니오. 생각해보니 그 사람은 보살님의 화신이었던 게지요. 그런 여인의 모습으로 나타나서 불도와는 하등의 인연이 없는 우리들을 인도하고자 대자대비하신 방편으로 그리했다 생각하니 그때 일을 더더욱 잊을 수가 없구려. 그런 일이 없었다면 우리들이 어찌 속세를 마다하고 출가했겠으며 무위로 사는 즐거움이 근심 안에서 나오는 기쁨이라는 것을 어이 깨달을 수 있었겠소. 오늘 이후로는 그쪽이나 나나 매한가지라 생각하니 거듭 기쁠 따름이라오.”

그리고는 가사자락으로 연신 눈물을 찍어댔다.

마지막으로 남은 한 승려에게 발심하게 된 연유를 듣고자 청하니, 이번에도 나이 지긋한 노승이었다. 남루한 옷에 칠조(七條)가사를 걸치고 조용히 경문을 외우고 있었다. 모습은 고된 수행으로 몸은 마르고 얼굴이 거무튀튀한 것이 초라해보였지만 분명 유서 깊은 집안의 사람 같아 보였다. 도인 같은 풍채를 하고 꾸벅꾸벅 졸고 있기에 어서 얘기해보라고 재촉을 하였다.

“스님들의 발심하게 된 연유를 듣고 있자니 소승은 뭐 이야기 축에도 못 낄 것 같군요. 다만 전생의 숙명이라고 생각할 따름이지요. 내가 출가한 것은 그리 대단한 까닭이 있어서가 아니어서 말씀 드린다 해도 특별난 것이 없을 터이지만, 두 분이 다 이야기했는데 나만 잠자코 있는 것도 도리가 아닐 성싶으니 수행 중이라 시간이 아깝겠지만 들어주시오.”

소승은 가와치 지방 구스노키 집안의 시노자키 가몬노스케라는 사람의 아들로 로쿠로자에몬이라 하오. 부친은 구스노키 마사시게[19]로 부터 두터운 신임을 얻은 인물이었소. 대소사도 의논하고 모든 일을 도맡아 하여 집안사람이든 아니든 누구나 할 것 없이 구스노키 밑에 저런 인물이 있구나 하며 칭찬하고 이름도 널리 알려졌었지요. 부친 은 마사시게가 전사했을 때 그 자리에서 함께 할복을 하였소. 그 후, 뒤를 이은 마사쓰라도 우리들이 충성스러운 아버지의 자손인지라 소 홀함 없이 잘 대해 주었소. 우리들도 그 집안을 위해 무척 열심히 일 을 하였고요. 얼마 후 마사쓰라가 전사하게 되었을 때 나도 같은 곳에 서 당하였소만 적에게 목이 베이지 않고 겨우 목숨은 건졌소. 마침 안 면이 있는 승려가 나를 발견하고는 어디론가 둘러업고 가서 보살펴주 었는데 그 덕에 죽을 뻔한 목숨을 건졌다오. 그리고 다시 살아 돌아왔 을 때는 대를 잇고 있는 구스노키 마사노리가 반갑게 맞아주었소. 마 사시게가 내 부친을 중히 여겼던 것처럼 나를 잘 대접해 주어 서로 의 지하며 지냈소. 그런데 아시카가[20]에게 항복할 것이라는 소문이 돌아 너무 뜻밖이어서 구스노키를 찾아가 여쭤보았다오

"사실이 아니지요? 아시카가 쇼군에게 항복하신다던데 진정 그리 하실 작정인지요?"

"주군이 원망스러워서 그리 할 생각이네."

그래서 내가 말했지요.

---

19) 구스노키 마사시게(楠木正成, 1294~1336). 가마쿠라 시대(鎌倉時代, 1185 ~1333)의 무장으로 고다이고 왕(後醍醐天皇, 재위 1318~1339)을 도와 가마 쿠라 막부를 멸망시키는 데 공을 세웠으며 후일 아시카가 다카우지(足利尊氏, 1305~1358) 군대에 패해 자결하였다. 아시카가는 무로마치 막부(室町幕府)를 세운 쇼군이다.
20) 아시카가. 아시카가 다카우지를 말한다. 주 19를 참조.

"주군이 원망스럽다면 차라리 출가를 하십시오. 그래야 진정으로 원망하시는 게 되지요. 아시카가 측에 붙어 주군에게 활을 겨냥하는 것은 원망이 아니지요. 사람들은 주군의 운이 다했다는 걸 알고 자신의 입신을 위해 항복했다고 말할 겁니다. 항복은 절대 아니 될 일. 이렇게 중요한 일을 결정하시면서 어찌 저에게는 일언반구도 없으셨습니까? 제가 아무리 마음에 차지 않더라도 저에겐 귀띔이라도 해 주셨어야죠."

"그대한테 말한다 해도 어차피 책망할 것이 뻔하기에 말하지 않았네."

"제가 반대하리라는 것을 아셨다면 사람들의 조롱거리가 될 것이라는 것도 아셨어야죠. 대를 이어 조정을 위해 목숨을 바치고 그 이름을 후세까지 떨쳐야 하거늘 당대에 와서 이리 미련한 일을 하시다니 너무나 원통합니다. 대체 무슨 원한이 있어 그리하신단 말입니까. 지금 누리고 계시는 모든 것도 주군의 성은이지요. '주군이 도리를 다하지 않는다 하더라도 신하는 신하로서의 도리를 다해야한다'는 고인 (古人)의 말씀도 있지 않습니까? 부디 생각을 돌이켜 주십시오."

그 후 구스노키는 상경하여 도지절[21]에서 쇼군의 보좌관을 대면하였다는 소식을 들었소. 이제 주군의 운명도 다하였고 구스노키와 떨어져 나 홀로 일하는 것도 어렵고 또 항복하는 것도 내 뜻이 아니고 하여 이참에 출가하자는 생각으로 길을 나섰다오.

---

21) 도지절(東寺). 교토 미나미구(南區)에 있는 호국 사찰로 헤이안 시대에 건립되었다.

〈하〉

내가 가와치 지방 시노자키를 떠나 올 때 세 살 먹은 여자아이 하나와 사내아이 하나, 어린 것 둘과 마누라가 있었소만 뿌리치고 떠나왔지요. 오랜 세월 함께 해 온 부부의 정을 생각하면 그 섭섭함은 이루 말할 수 없었소만, 이제 미련을 떨치고 출가하고자 마음을 다잡고 관동지방으로 수행 길을 나섰다오. 마쓰시마의 회하(會下)[22]에서 세 해 동안 머물다 북쪽 지방[23]을 돌며 수행을 했소. 나 같은 늦깎이 출가자는 여기저기 돌아다니며 덕 높은 고승을 만나 법도 구하고 명승고적지를 돌아보며 마음을 달래도 보고, 게다가 얼마나 더 살지 모를 세상이라 다니다가 쓰러지는 한이 있어도 나라 안을 돌아 볼 참이었다오. 그런 생각으로 서쪽 지방으로 가는 중에 우연찮게 가와치 지방을 지나는데 문득 고향인 시노자키를 둘러봐야겠다는 생각이 들었소. 그래서 내 집 가까이에 다가가 보니 토담은 남아있는데 덮개는 온데간데 없고 문은 있지만 문짝은 뜯겨져 나가고 없었소. 마당에는 잡초가 무성하고 집들은 망가져 자취도 없었소. 어설프고 초라한 천민들의 거처 같은 오두막집 두세 채가 남아 있었는데 그 마저도 비바람에 견디지 못 할 것 같았다오. 차마 더는 볼 수 없어 눈시울을 붉히며 돌아 나오는데 길 언저리에 행색이 남루한 노인이 밭을 갈고 있는 모습이 보였지요. 이 노인은 아마도 이곳 사정을 잘 알고 있으리라 생각되어 다

---

22) 회하(會下). 스승 밑에서 가르침을 받으며 참선 수행하는 학승들 또는 그 장소를 말한다.
23) 북쪽(北國)지방. 교토 쪽에서 북쪽 지방으로 지금의 호쿠리쿠도(北陸道) 일대인 와카사(若狹), 에치젠(越前), 가가(加賀), 노토(能登), 엣추(越中), 에치고(越後), 사도(佐渡) 등 중부지방 동해안 쪽을 가리킨다.

가가 물어보았다오.

"이보오, 노인장. 이 고을 이름이 뭐지요?"

노인은 쓰고 있던 삿갓을 벗으며 대답했소.

"시노자키라는 곳이오만."

"그러면 이곳은 누구의 땅이오?"

"시노자키 나으리의 땅이지요."

그럼 우리 집안 사정도 알고 있을 거라 생각되어 밭두렁에 앉으니 노인도 괭이를 지팡이 삼아 조용히 그간의 일들을 소상히 말하더이다.

"시노자키 가몬노스케라는 나으리가 계셨는데 무슨 일에나 남들보다 뛰어난 분이었다오. 구스노키 나으리도 소중한 사람으로 여기며 크게 신뢰하고 집안사람 중에서도 특히 아끼셨소. 그에게 로쿠로자에몬이라는 도련님이 있었소만, 구스노키 나으리가 아시카가 쇼군에게 항복한 것에 울분을 터트리다 그만 속세를 등지고 말았는데 어디로 갔는지 여태껏 행방을 모른다오. 그 당시는 북쪽 지방에 계시다고도 하고 혹은 세상을 떴다고도 하더이다만 어느 것 하나 확실한 것은 없소이다."

노인은 눈물을 흘리며 말하더군요. 나도 흐르는 눈물을 참으며 물었소.

"그런데 노인장은 그 집안사람입니까? 아니면 이곳에 사는 사람입니까?"

"이 노인네는 오래 전부터 이 땅에 살고 있는 백성이오. 로쿠로자에몬 나으리께서 출가하신 후로 나으리 댁이 기울더니 누구 하나 일하려는 자도 없게 되었소. 나는 사람 축에도 못 끼는 천한 신분이지만 마님과 애기씨, 아기 도련님의 처지를 뵈오니 얼마나 딱하던지 내 하던 일도 내팽개치고 다섯, 여섯 해째 보살펴드리고 있습지요. 로쿠로자에몬 나으리께서 출가하실 때 세 살 되던 애기씨와 도련님을 떼치고 떠나셨기에 마님은 이래저래 손을 써가며 두 자제분을 돌보시며 생계를 꾸리셨어요. 하지만 마님도 이별이 가슴에 사무친 탓인지 그만 몸져눕고 마셨지 뭐요. 작년 봄부터 앓으시더니 근래에는 곡기까지 끊고 결국 저 세상으로 떠나시고 말았지요. 오늘이 사흘째 되는 날이오. 이 일로 애기씨와 도련님이 너무 큰 슬픔에 빠져 계시니 곁에서 지켜보는 나도 눈앞이 캄캄해지고 가슴이 찢어질 것만 같소. 저쪽을 좀 보시죠. 저기 보이는 소나무 아래가 화장을 한 곳이오. 어린 분들이 매일같이 울며불며 화장터를 찾고 계신다오. 오늘도 제가 뫼시겠다고 했지만 두 분이서만 가겠다고 하시기에 평소처럼 이렇게 밭에 나와 있지만 이 또한 나 좋으라고 하는 게 아닙지요. 애기씨와 도련님의 장래를 생각하면 딱하기 그지없어 밭을 갈고 있는 것이라오. 이 늙은이를 할아범이라 부르며 오직 나만 의지하시니 얼마나 감사한지요. 오늘도 애기씨와 도련님이 늦으시니 저기 화장터 쪽만 쳐다보느라 일도 손에 잡히질 않는군요.”

이렇게 말하며 노인은 눈시울을 붉혔소. 그 모습이 어찌나 가엾고 딱해 보이던지. 이토록 천한 노인마저도 인정이 무엇인지 알거늘 대체 내가 얼마나 매정한 짓을 한 것인지. 내가 바로 그 로쿠로자에몬이라고 밝히고 싶었소만 아니 그럴 수는 없는 일, 그렇게 되면 그간의 수행이 헛되이 될 것이니 하여 마음을 고쳐먹었소.

“좀체 보기 드문 일이구려. 세상에 노인장 같은 마음을 가진 사람이 어디에 또 있겠소. 참 불쌍하기도 하지, 세상에 이런 딱한 일도 다 있구려. 저 아이들이 겪는 슬픔이란 차마 말로 다 표현할 수 없겠군요.
소승도 그 정도까지는 아니오만 그와 비슷한 일을 겪은 적이 있소. 무
엇보다 어린아이가 부모를 잃은 것만큼 더 슬픈 일은 없을 것이오."

내가 소맷자락을 얼굴에 대며 울자,

"그렇다면 스님도 옛날에 그런 일이 있었는지요?"

하며 노인도 소리를 내어 펑펑 울었소.

잠시 후 나는 다시 말했소.

"노인장! 앞으로도 지금처럼 애기씨와 도련님을 잘 보살펴 주시오.
부모님이 저 세상에서 얼마나 기뻐하시겠소. 노인장 자손들에게 보답
이 있어 반드시 복을 받아 자손대대 번창하실 것이오. 진정으로 애기
씨들을 불쌍히 여긴다면 불신삼보(佛神三寶)도 노인장을 지켜주실
것이오. 그럼 날도 저물었으니 소승은 이만 돌아가 봐야겠소."

자리를 털고 일어서니 노인은 먼발치까지 바래다주었소. 내가 눈물
을 삼키며 이야기를 했소.

"노인장, 이제 되었소. 그만 돌아가시오."

그때서야 노인은 돌아갔지요. 얼마 가다 보니 과연 듣던 대로 소나
무 아래 화장을 하는 곳이 보이지 않겠소. 가까이 가 보는 것도 뭣하
여 그냥 지나가려다가 마음을 되돌려 생각을 더듬어 보았소. 작정하
고 집을 나설 때는 처자식을 뿌리치고 떠나왔는데 지금은 아내가 죽
어 사흘이나 되었다지 뭡니까. 그 화장터를 보고도 그냥 지나친다는
것은 불자가 할 짓이 아닌 듯 싶었소. 몰랐으면 모를까 승려가 된 자
로서 다가가 다라니경이라도 한 번 외지 않고 간다는 것은 도리가 아
니지요. 그냥 외면하는 것은 부처님의 말씀을 거스르는 일이자 망자
의 원망을 사는 일이기도 하오. 아무래도 가보는 게 좋겠다 싶어 다가

가니 나무아래에 어린 두 오누이가 웅크리고 있었소. 아, 이 아이들이
구나! 나는 바로 알아보았다오.

"애기씨들은 어인일로 이런 곳에 있는지요?"

내 물음에는 아랑곳하지 않고 아이들이 말했소.

"아아, 스님 반가워요. 저희 어머니가 돌아가신 지 사흘째 되는 날
이라 유골을 담으러 왔다가 마침 스님을 만났네요. 송구하지만 경을
좀 외주시면 좋은 일이 있으실 거예요."

자꾸 부탁을 하는 모습이 너무나 안쓰러워 눈앞이 캄캄하고 마음이
미어지는 듯했소. 정신을 차리고 아이들을 눈여겨보니 딸아이는 아
홉, 사내아이는 여섯쯤 되어 보였소. 과연 천한 집 자식 같지 않고 귀
티가 나더이다. 부모자식간의 정을 생각하면 아이들을 와락 끌어안고
아비라고 밝히고 싶은 마음이 천 번 만 번 들었소만. 아니 아니지, 마
음이 약해지면 지금껏 힘들게 수행한 것이 수포로 돌아가 불법을 깨

닫기가 더욱 어려울 터이지 하며 참고 또 참았다오. 그 마음을 아시겠
는지요. 아이들을 지켜보고 있자니 자그마한 유골 담을 통을 들고 있
었는데 뚜껑은 딸아이가 들고 아래 통 부분은 사내아이가 들고는 누
가 가르쳐 준 것인지 나무젓가락으로 유골을 담고 있었소. 그 모습에
할 말을 잃고 소매로 눈물을 훔치며 한참 울다가 다시 말을 걸었소.

"애기씨와 도련님은 어른들도 없이 왜 이런 곳에 와서 뼈를 줍고 있
는지요?"

"우리 아버지는 오래 전 출가하시고 지금껏 행방도 몰라요. 그저 일
하는 할아범을 의지해 살고 있는데 오늘은 함께 오지 않았어요⋯⋯."

딸아이는 눈물에 목이 잠기어 말을 더 잇지 못하더이다. 소승도 다
라니를 염송하려 해도 목소리가 나오지 않더군요. 고향에 다시 들른
자신을 책망했소. 그러나 이래서는 안 되겠다 싶어 다라니를 염송하
였는데 다 끝나갈 무렵에 갑작스레 늦가을비가 쏴- 하고 내렸소. 나
뭇잎에 맺힌 빗방울이 눈물처럼 떨어져 내리자 그것을 바라보던 누이
가 말했소.

"저희 어머니는 교토사람으로 항상 이렇게 말씀하셨어요. '노래는
그 어떤 무서운 귀신도 또 어리석은 자의 마음도 움직이게 하고 부처
님도 자비를 베풀게 한다.[24] 그러니 여자로 태어나 노래에 대한 소양
을 갖추지 못한다면 한심스러운 일이야.' 그렇게 말씀하시기에 저는
일곱 살이 되던 해부터 노래를 배웠는데 흉내만 낼 정도였어요. 지금
막 떠오르는 게 있네요."

---

24) 기노 쓰라유키(紀貫之, 866~945)가 적은 〈고킨와카슈(古今和歌集)〉의 가나 서
문(仮名序)에 등장하는 표현으로 와카의 본질에 대해 논한 것이다.

초목마저 우리를 가련타 여기는가요
눈물같이 흐르는 이슬을 바라보니

나는 이 노래에 단단히 먹었던 마음이 흔들려 이슬 같이 금세 사라
져 버릴 것 같아, 이제 더 이상 감출 수가 없겠구나, 내가 아비 로쿠로
자에몬이라고 해야겠다는 생각은 들었지만 마음이 약해져 그렇게도
못했소. 큰맘 먹고 출가한 몸이거늘 오늘 다시 자식과 인연을 맺어서
야. 이렇게 생각하는 것이 참 한심스럽고 나 자신도 부끄러웠지만 아
이에게 말했소.

"노래를 참 잘 지었네요. 신령님도 부처님도 갸륵히 여기실 거예요.
부모님도 분명 저 세상에서 기뻐하실 거구요. 나는 노래도 모르고 정
도 모르는 천한 몸이지만 듣자니 눈물이 멈추질 않는군요. 남의 마음
을 헤아릴 줄 아는 사람이라면 애기씨의 심중을 모를 리 없지요. 마침
이곳을 지나다 딱한 광경을 보게 된 것도 생각해보면 전생의 인연이
겠지요. 애기씨들을 두고 가려니 발길이 떨어지지 않지만 이만 가봐
야겠어요."

이렇게 말하고 떠나려 하자 누이가 말했소.

"말씀하신 대로 한 나무 그늘에서 비를 피하고, 한 줄기 강물을 떠
마시는 것도 타생(他生)의 인연[25]이라고 들었어요. 인연이 있다면 또
만나게 될 거예요. 너무 서운해요. 마음을 다해 불경을 외워주셨는데
얼마나 고마운지 몰라요."

말도 다 끝내지 못한 채 아이는 팔을 얼굴에 갖다 대고 구슬프게 울

---

25) 일수음 일하류 타생연(一樹陰 一河流 他生緣). 〈바리때 쓴 처녀〉, 주 23을 참조.

었소. 남동생은 어려서 아직 뭐가 뭔지도 모르면서 누이에게 매달려 몸부림치며 울고만 있었소. 소승은 슬픔에 정신을 차릴 수가 없을 정도였는데 창자가 끊어진다는 말이 이와 같겠거니 생각했소. 떨어지지 않는 발길을 내딛자 오누이가 나를 배웅해주었소. 나도 몇 번이고 뒤를 돌아다보았는데 오누이는 어미의 유골을 통에 담아들고 집으로는 가지 않고 다른 곳으로 가고 있었소. 신경이 쓰여 되돌아와서 물어 봤지요.

"애기씨들은 집으로 안 가고 어디를 가는지요?"

"저희들은요, 호닌지²⁶⁾라는 절에 가는데요. 교토에서 훌륭한 큰스님께서 내려오셔서 이레 동안 연일 설법을 하신다고 해서요. 오늘이 벌써 그 닷새째 되는 날이에요. 사람들이 들으러 가는 모양인데 저희들도 듣고 어머니의 유골을 모시고자 가는 길입니다."

"이런, 가여워라. 어린데도 그런 생각을 다 하시다니요. 어머니가 저 세상에서 기뻐하실 겁니다. 그런데 호닌지절은 얼마나 가야 하나요?"

"잘 모르겠어요. 사람들을 따라 가 보려고요."

"애기씨들은 함께 갈 사람이 없나요? 에그, 저런. 할아범이라도 데리고 내일 가도록 하지요."

그러니까 누이가 대답하더이다.

"요전에 절에 같이 가자고 했는데요, 할아범은 우리들이 아직 어리다며 그리하지 않아도 된다고 하여 여태껏 가지 못하고 있었어요."

---

26) 호닌지(法恩寺). 오사카후 미나미카와치군(大阪府 南河內郡)에 호온지(報恩寺) 라는 절이 있었다.

"그래요? 그렇다면 소승이 동행하여 큰스님을 만나 뵙고 부처님과 인연을 맺도록 부탁드려 보지요."

아이들의 뒤를 따라 가는데 참으로 감개무량하였소. 누이가 좀 걸어가더니만 이런 말을 하였소.

"우리 아버지가 말이에요, 아직 살아계신다면 스님과 같은 연세가 되셨을 텐데…… 우리들은 어찌 이다지도 복이 없는지. 전생에 무슨 죄를 지었기에 아버지와는 생이별을 하고 어머니마저 세상을 떠나셨단 말인지요. 우리들이 좀 더 크고 나서 헤어졌더라면 아버지를 기억할 건데요. 그러면 이렇게 괴로울 때 위안이라도 되련만. 아버지가 참으로 원망스러워요."

누이가 소리를 내며 엉엉 울자, 동생이 어른스럽게 타이르더군요.

"아버지는 부처님이 되셨다고 어머니가 늘 말씀하셨잖아. 울지마, 누나."

이 말을 듣고 나는 아무 생각도 나지 않고 가던 길도 눈에 들어오지 않았소.

그런데 그 사찰은 쇼토쿠 태자[27]가 건립한 절이오. 겐코, 겐무의 동란 때[28] 소유한 영지는 전부 잃고 법당도 황폐해졌는데, 구스노키의 세상이 되어 영지를 되찾고 수리도 하였소. 교토에서 묘호스님을 모

---

27) 쇼토쿠 태자(聖德太子, 574~622). 아스카 시대(飛鳥時代, 592~710)의 왕자로 스이코 왕(推古天皇, 592~628) 때 섭정을 하였고 일본 불교를 중흥시킨 인물이다.

28) 겐코(元弘), 겐무(建武)의 동란. 겐코(1331~1333)는 고다이고 왕(後醍醐天皇, 재위 1318~1339) 때의 연호이다. 왕을 중심으로 겐코 원년인 1331년에서 1333년까지 일어난 전쟁으로 인해 가마쿠라 막부(鎌倉幕府)가 붕괴되었다. 겐무 동란은 겐무의 친정(建武の親政, 1333~1336)을 말하며 왕 스스로 정권을 장악하여 정치를 하였지만 무사들의 반발로 실권했다.

셔와 공양불공을 드린다고 하여 가 봐야겠다는 생각이 들었지요. 호 닌지절이 가까워지자 신분고하를 막론하고 기다랗게 줄을 이었고 불 자, 세속인, 남녀 너나할 것 없이 인산인해를 이루고 있었소. 가마, 교 자, 안장 얹은 말이 몇 천 몇 만이나 되는지 그 수를 헤아릴 수 없더군 요. 인근의 다른 세 지방에서 모여든 사람들이 나무아래나 풀이 난 곳 어디든 빼곡히 차 있었소. 이렇게 북적대니 우리 아이들이 법당 안으 로 들어가기가 어려웠지요. 어찌 하려나 지켜보고 있으려니,

"안으로 들어가게 해 주세요. 저희들은 큰스님을 뵙고 들릴 말씀이 있어요."

하고는 사람들을 헤집고 들어가더이다. 부처님이나 신령님들께서 도 불쌍하게 보신 건지 사람들이 저마다 길을 틔워서 들어가게 해 주 더군요. 두 아이는 불공드리는 자리로 다가가 스님 앞 가까이에 꿇어 앉았소. 계속 지켜보고 있자니 스님과는 두 세 사람의 간격을 두고 있 었는데 누이가 손에 든 통을 스님에게 내밀고는 합장하며 세 번 절하 고 앉아 있었소. 스님이 그것을 지그시 바라보고는 물으시더군요.

"애야, 너희들은 누구니?"

"저희들은 구스노키 집안의 시노자키 로쿠로자에몬의 아이들입니 다. 제가 세 살 적에 아버지는 구스노키와 사이가 멀어져 출가하였는 데 여태껏 그 행방을 알 수 없어요. 얼마 전까지는 어머니와 힘들게 살아왔는데 세상에 허무하게도 어머니마저 세상을 떠나 오늘이 사흘 째가 됩니다. 유골조차 수습할 사람이 없어 저와 어린 동생이 주워서 이 통에 넣었지만 어디에 모실지 몰라 큰스님께 부탁드리고자 여기까 지 가져왔어요. 부디 어디라도 모시어 어머니가 빨리 정토에 드시도 록 회향해 주세요. 그러면 부처님의 은혜라 생각하겠습니다."

스님은 참으로 가엽게 여기며 할 말을 잃고 목이 메여 한동안 말을 잇지 못하고 있었소. 스님도 한없이 눈물을 흘렸고 멀든 가깝든 그 자리에 있던 참배객들 모두 다 훌쩍거렸지요. 누이가 품속에서 두루마리 하나를 꺼내더니만 스님에게 드리더이다. 스님이 받아들고 소리 높이 읽는데 이런 내용이었소.

무릇 인간 세상에 사는 중생들은 모두 정해진 수명이 없다 하지만 다 크도록 부모님이 애지중지 보살펴 주는 아이들도 많거늘. 나는 무슨 숙명으로 나이 셋에 아버지와는 생이별하고 어머니마저 돌아가셨단 말인가. 이제 의지할 데라곤 없으니 어디에다 마음을 기대야 할지 모르겠네. 그리움에 가슴은 타들어가고 서러워 흘리는 눈물은 마를 새가 없네. 나와 같은 신세가 또 있다면 근심걱정을 서로 나누며 마음을 달래보련만, 잠시 잠깐이라도 눈 붙이질 못하니 꿈에서도 보지를 못하네. 그저 곁에 맴도는 것은 잡으려 해도 잡을 수 없는 아지랑이뿐. 요 사흘을 보내는 심정은 천년만년 산 듯하구나. 앞으로 어찌 될지 막막함은 헤아릴 길이 없고 이슬 같은 허무한 목숨, 가을을 몇 차례나 더 보낼지도 알 수 없네. 이렇듯 부모님 모두 다 잃고 고아로 나락하였는데 그 누가 가련타며 물어봐 주겠는가.
바라옵건대 불쌍한 저희 남매를 어여삐 여기시어 어머님의 뒤를 따라 극락왕생하도록 도와주소서.

아이는 맹랑하게 두루마리에 연월을 마저 적고 말미에는 노래도 읊어 놓았지 뭐요.

뚜껑 달린 통 볼수록 눈물만 뚝뚝 떨어지네
부모님 다 잃은 서러움을 생각하니

통에는 뚜껑과 현자(縣子)[29] 다 있건만 부모님 없어
검은머리를 땋지 못하는 이 몸 어이하리

스님은 채 다 읽기도 전에 소매로 얼굴을 가리며 우셨지요. 법당 안에 있던 참배객들은 신분고하, 승속남녀를 가리지 않고 울지 않은 자가 없었소. 이를 보고 들은 어떤 이는 당장 동여맨 머리끈을 잘라 허리춤의 칼과 함께 스님에게 내밀고는 제자가 되었지요. 또 어떤 여인은 삿갓을 쓴 채로 머리를 잘라 스님에게 가서 귀의하는 자도 있었소. 그 외에도 수많은 사람이 출가를 했지요. 그때 제 속이 어떠했는지 짐작이 가실 거요.

잠시 거기 서서 설법을 들으려고 했소만 허참, 이미 끊어버린 인연을 다시 이으려고 들다니. 하며 정신을 차리고는 마치 전쟁터에서 목숨은 아랑곳없이 천기만기 적진 속을 뛰어들며 마구 칼을 휘두르는 심정으로 두 눈 딱 감고 마음을 다잡아 그곳을 벗어났소. 그때 내 결단은 처음에 시노자키를 떠났을 적보다 더 처절한 것이었소.

그 마을에서 멀리 벗어나 한 나무아래에 쉬면서 이리저리 궁리를 해보았지요. 그리고는 아무래도 좌선수행 하는 길밖에 없겠다는 생각이 들었소. 고야산은 홍법대사가 입정하신 곳으로 여러 부처님이 모여 계시는 영험한 곳인지라 그 어디를 가도 고야산보다는 나을 성싶

---

29) 현자(縣子). 통 안에 끼워 넣게 만든 작은 통이다.

지 않아 오쿠노인[30] 가까이에 암자를 지어 불도수행을 하자는 마음
이 앞섰다오. 이 산에 오른 후에는 잡념을 떨치고 오직 수행에 전념하
고 있던 참이라오. 나 자신도 버리고 사람들과 섞이지 않으니 아는 이
도 없소. 고향소식은 더더욱 모르오. 자나 깨나 염불삼매에 빠져 세월
을 보내고 있소이다. 두 스님과 마주 대하고 있는 것도 이것이 처음인
듯하오. 허긴 지난봄에 가와치 사람이 이 산에 올라온 적이 있었는데
그 사람이 다른 사람과 나눈 이야기를 전해 들었소. 아이들의 일을 구
스노키가 듣고 불쌍하여 여섯 살배기 아들을 내세워 시노자키 집안을
잇도록 하였다는구려. 누이는 비구니가 되었다 하고. 그런 이야기를
전해 들으니 내 마음이 홀가분해졌소.

　두 승려는 이야기를 쭉 듣고는 저마다 눈물을 훔쳤다.
　"참으로 흔치 않은 발심이구려. 장하시오."
　"그런데 스님의 법명은 무엇이라 하는지요."
　하고 묻자, 스님은 겐바이(玄梅)라고 하였다. 나머지 두 승려의 법
명도 물으니 한카이는 겐소(玄松)라고 하고, 아라고로는 겐치쿠(玄
竹)라는 것이었다. 그러자 세 승려는 동시에 맞장구를 쳤다.
　"아하, 이럴 수가! 이름 첫 자가 모두 다 똑같구려. 희한한 일도 다
있군요. 아래 이름은 송죽매가 되는데요. 아마 우리들의 인연이 이생
만은 아닌 듯싶구려. 설령 같은 선지식 아래에서 수행을 하더라도 이
런 일은 드문 법인데 말이오. 정말이지 흔치 않은 소중한 인연들입니
다 그려. 그간 같은 산에 머물면서 이런 사정들이 있었다는 것도 서로

---

30) 오쿠노인(奧の院). 홍법대사의 묘지가 있는 곳이다.

모르고 지냈다니요, 정말이지 아쉽소. 이제부터 마음을 함께 합시다. 거듭 돌이켜보면 세상의 천태만상이 다 전생의 업에서 비롯되어 헤매고 있는 것이라오. 이 섭리를 깨달으면 선(善)이라 하고 그것을 모르면 범부(凡夫)라 하지요. 지위며 쾌락이며 지혜며 이 모두가 전생에서 닦은 업보입니다. 다들 내가 하는 일은 옳다 하고 남이 하는 일은 그르다 하며 또한 볼썽사납다고들 합니다. 아아, 참으로 어리석은 일이오. 잘 생각해 보시오. 세상의 이치라는 게 다 그러하지요. 재주도 지혜도 또 천금의 돈도 내 몸이 있고서야 쓸모 있는 것 아니오. 세상이 무상하다고 느껴지면 그저 불도에 귀의하는 것이 진리에 드는 첩경이라는 것을 알았으면 합니다."

세 승려는 서로 입을 모아 이렇게 말했다.

"한카이도 그 여인을 만나지 못했더라면 어떻게 발심을 했겠소. 저마다 발심한 까닭은 다르더라도 그 누구도 생각지 못하는 출가였소. 악도 절대 싫어해서는 안 되오. 악과 선은 표리의 관계이니까요. 남녀의 사랑도 멀리해서는 안 되오. 정이 많으니 사랑하는 마음도 일어나는 법이오. 그토록 소중한 것이니 애틋함 없이 어찌 빠져들겠소. 이 모든 섭리도 대자대비하신 부처님이 힘쓰신 방편으로, 진정 사람의 마음을 알게 하고 불도를 깨닫도록 하신 것이지요."

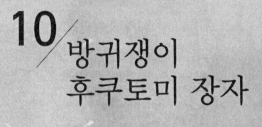

10/ 방귀쟁이
후쿠토미 장자

방귀쟁이 후쿠토미 장자

사람이라면 분에 맞지 않는 과보를 부러워해서는 안 된다. 옛날에 후쿠토미(福富) 오리베라고 하는 장자가 있었다. 대체 무슨 숙명에서인지 날 때부터 재주를 하나 가지고 있었다. 배우지 않고도 신기하게 잘 했는데 저절로 세상에 알려져 사람들은 그를 신통하게 생각했다. 그 재주라는 것은 너무 해괴하여 양반, 중인, 천민 고하를 막론하고 전해 듣고 웃음을 터뜨리지 않는 사람이 없었다. 자연스레 지체 높은 양반님네들 귀에까지 들어가 그렇게들 재미있어 했다. 그러다 보니 자꾸 재산이 불고 사는 즐거움도 더해가며 대궐 같은 집도 늘어서고 곳간도 잇따라 들어섰다. 농사를 짓지 않아도 마당에는 오곡들로 그득하였다.

그 이웃에는 보쿠쇼(乏少) 도타라고 하는 지독히도 가난한 사람이 있었다. 이 지지리 궁상은 오리베와는 달리 조석으로 끼니조차 잇기 어려워 부엌 아궁이의 온기는 식은 지 오래 되었고 샘터에는 풀이 무성하였다. 울타리는 허물어지고 바람도 제대로 못 막아주는 거적때기를 둘러쳐도 방바닥은 얼음장으로 밤을 지새우기 어려워 처마고 울타리고 떼어내어 불을 지펴보지만 그래도 찬바람이 마구 들어 왔다.

여름에는 너덜너덜한 삼베옷을 걸치고 찢어진 부채로 모기를 쫓으면서도 지붕 위에 핀 화사한 박꽃을 위안 삼으며 하루하루를 살았다. 이런 보쿠쇼도 일찍이 장가를 들어 마누라가 있었는데 그보다 여남은 살 더 많은 누나뻘이었다. 마누라는 입이 커서 사람들이 마귀할멈이라 불렀다.

하루는 이 마귀할멈이 영감 보쿠쇼한테 푸념을 늘어놓았다.

"양반이나 상민 축에도 못 끼며 빈둥대는 자는 하다못해 내세울만한 재주라도 하나 있어야 세상에 이름을 알리고 밥 먹고 살아가거늘. 아이고, 내 팔자야. 당신이라는 사람은 전생에 얼마나 행실머리가 변변치 못했으면 어찌 그리 재주 하나 없단 말이오? 에고 원통도 하지. 읽고 쓰고 노래 부르고 춤추는 재주까지는 바라지도 않으니 저기 옆집 오리베 재주쯤 못 배울 게 뭐 있겠소? 그러니 그 집에 가서 울며불며 통사정을 해서라도 열심히 배워와 보소. 스승으로 모시고 배운다면 신령님도 감동하실 것이니 오리베 만큼 부자는 못 되더라도 살아갈 방편정도야 생기지 않겠소? 또 제대로 배워 와서 재주만 잘 부린다면 옆집으로 갈 재물들이 우리 집으로 올지도 모르잖소. 아무리 타고난 재주를 가졌다 하더라도 노력하지 않으면 능숙하게 될 리 만무하니. 옥은 갈고 닦아야 빛이 나는 법. 하여간 배워 오소. 내 얘길 안 듣겠다면 섭섭해도 어쩔 수 없지. 나와는 갈라섭시다. 내 아직 낯짝이 반반하니 또 좋은 인연 나설 것이고……."

할멈이 자꾸 재촉을 했다. 보쿠쇼는 마누라의 입 바른 소리에 못 이겨 옆집으로 가서 공손하게 여차여차한 사정을 이야기했다. 그러자 후쿠토미도 나와서 인정스럽게 맞아주었다.

"아이쿠 말씀 잘 하셨소. 우리도 당신네를 아침저녁으로 보면서 안타깝게 생각하고 있던 터였소. 서로 사제지간이라도 되어 얼른 전수해 주고 싶었지만 뭐 딱히 댁까지 내 발로 찾아가서 일부러 가르칠 것도 못 되고 또 권하기도 뭣해서 이렇게 그냥 있었소."

보쿠쇼는 황송해하면서 웃으며 말했다.

"호의를 베풀어 주시다니 고맙기 그지없습니다. 매일같이 우리 집 마귀 같은 할멈이 찾아가 보라고 다그쳤지만, 그렇게 대단한 재주를 아낌없이 남한테 쉬이 가르쳐줄 리 만무하다고 여겨 하는 말도 흘려듣고 있었는데, 지금까지 허송세월을 보낸 것이 아깝습니다. 이렇게 인정이 많은 분이라는 것을 우리 할멈이 안다면 아주 기뻐할 것입니다."

그리고는 두 손을 공손히 모으고 있었다. 후쿠토미는 속으로 이제 와서 아첨을 떠느냐고 가소로운 듯 말했다.

"원래는 귀한 약을 먹고 이 재주를 부려야 하는데 다른 사람한테 절대 발설해서는 아니 되오. 이것이 우리 집안만의 비법이오. 남한테는 입도 뻥긋해서 안 될 것이오."

그리고는 뭔지 모를 낡은 두루마리 하나를 꺼내어 약 조제법을 소상히 말했다.

"어차피 친절을 베푸실 거면 한 번 재주부릴 정도의 약을 나누어 주시지요. 할멈이 얼마나 닦달을 하는지 시끄러워서 살 수가 없으니 조만간 한 번 뀌어서 재주를 보여줘야겠습니다."

자꾸 부탁을 하니 그렇다면 하고 후쿠토미는 안으로 들어가 검은 환약 두 알을 가지고 나왔다.

"이건 빈속에 먹어서는 아니 되오. 요기를 좀 하고 재주를 부리기

서너 시간 전에 미지근한 소금물에 드시오. 반드시 이상한 느낌이 들 것이오. 만약 반응이 조금 늦더라도 조급해 하지 마시오. 너무 늦다 싶으면 대야에 물을 담아 엉덩이를 담그고 숨을 크게 들이켜 힘을 주시오."

후쿠토미는 소상히 가르쳐 주었다.

보쿠쇼는 아주 기뻐하며 작별 인사를 하고 그 약을 이마까지 치켜 받들듯 해서 돌아왔다. 목이 빠지게 기다리고 있던 할멈이 재촉하며 물었다.

"그래 어찌되었소? 재주는 배웠어요? 가르쳐 주던가요?"

할멈의 말에 보쿠쇼는 싱긋이 웃으며 있었던 일을 이야기하니 할멈은 듣고 하늘을 날듯이 좋아하였다.

"오늘 중으로 그럴싸한 지체 높은 댁으로 가서 말씀드리시구려. '저는 후쿠토미 오리베의 제자인 보쿠쇼 아무개라는 자입니다. 원하시는 대로 재주를 부려 보겠습니다.'라고. 큰소리로 말씀을 넣어 보시오. 재주가 어떤지 내가 먼저 들어보고 싶지만 약이 두 알뿐이라 어쩔 수 없구려. 자, 어서 다녀오시구려."

할멈이 다그쳤다. 그러고는 문 한쪽 구석에 있던 바구니에서 낡아빠진 에보시[1]에 감색 홑옷, 엷은 남색 윗옷, 네 폭짜리 바지 하카마를 꺼내어 보쿠쇼에게 입혔다.

"조금도 기죽지 마시구려. 허리를 뒤로 쭉 펴고 고개는 치켜들고 당당하게 안내 받아 들어가시오."

---

1) 에보시(烏帽子). 옛날 성인식을 치른 귀족이나 무사가 쓰던 건(巾)의 일종이다. 〈세 승려의 참회〉, 주 10을 참조.

할멈은 남편의 앞뒤를 돌며 에보시의 먼지를 털고 머리도 매만져 주며 말했다.

"에보시를 쓰고 이렇게 차려 입으니 처음 우리 집에 장가왔을 때 새 신랑같이 멋지시구려. 아이고, 우리 집 양반나으리. 훤칠하시구려!"

보쿠쇼는 일러준 대로 환약 두 알을 먹고는 집을 나섰다. 도중에 아랫배가 살살 당기더니 천둥같이 꾸르륵 꾸르륵 대는 것이 신경 쓰여 엉덩이에 힘을 주며 서둘렀다. 이마데가와[2]에 중장[3]이라는 사람이 살고 있었는데 이 분으로 말하자면 젊은 나으리로 이러한 일을 즐긴다고 하여, 그러면 포상도 많이 줄 것 같으니 그곳으로 가서 일하는 사람한테 여차여차 말씀을 올리도록 청을 넣었다.

중장은 이것을 듣고, 아주 흥미로운데 요즘은 기분도 우울하여 학문도 게을리 하고 있던 참에 마침 잘 되었다며 뜰로 불러올려 공차기 놀이를 하는 마당 한쪽에 도래방석을 깔고 갖은 음식과 귀한 술을 대접하고는 이제나 저제나 하며 귀를 기울이고 있었다. 발 안쪽에는 상시(尚侍)[4]인 누이와 출가한 백모, 그리고 부인이 모여 있었다.

보쿠쇼는 배가 아픈데도 마구 먹어댔다. 먹어 대는 모습이 몹시도 꼴사납고 우스꽝스러웠지만 배터지도록 먹어 허리가 뒤틀리고 배가 아파 도저히 참을 수가 없어서 자리를 벗어나려는데 그만 쏴-악 하고 쏟아져 나왔다. 그것이 흡사 봇물 터지는 듯했다. 마당에 깔린 흰 모

---

2) 이마데가와(今出川). 교토시 가미교쿠(京都市 上京區)에 있는 지명이다.

3) 중장(中將). 근위부(近衛府, 황실의 경비를 맡은 관청)의 차관으로 일반적으로 품계는 4품에 해당한다.

4) 상시(尚侍). 내명부 여관(女官) 중 최고의 지위에 해당하며 대부분 섭관집안의 딸이 임명되었다. 상시는 왕비에 준하며 여관의 일은 그 아래 사람이 하였다.

래가 황매화 꽃이 흩어진 것처럼 노랗게 물들었다. 이데[5]의 저택 마
당에 흩어진 황매화도 이와 같을까 생각하는데 돌연 바람이 불어와
집 안으로 온통 냄새가 퍼지니 흉측하기가 이를 데 없었다. 똥 묻은 엉
덩이를 힘껏 오므리고 도망치려고 하자 아랫것들이 쫓아내려와 몽둥
이로 후려치며 엎어뜨리고는 시커먼 엉덩이를 들어올렸다. 그러고는
끙끙대는 보쿠쇼의 에보시와 상투를 휘어잡고 마당 밖으로 끌고나와
내동댕이쳤다. 머리가 터져 피가 흘러내려서 계단 여기저기가 붉게
물들었다. 그것이 마치 다쓰다가와강[6]에 가을단풍이 물든 듯 했다.

보쿠쇼는 납작하게 찌부러진 에보시를 달팽이집처럼 쓰고 소매며
옷자락이며 온통 벌겋게 물든 채로 겨우 돌아서 나왔다. 허연 대낮에

---

5) 이데(井出). 교토부 쓰즈키군 이데초(京都府 綴喜郡 井出町)의 지명으로
　예로부터 황매화 명소로 유명한 곳이다.
6) 다쓰다가와강(立田川). 나라현 이코마군 이카루가초(奈良縣 生駒郡 斑鳩
　町) 일대를 흐르는 강으로 단풍이 아름답기로 유명하다.

아이고 부끄러워라. 가는 길에 아이들이 까막잡기와 숨바꼭질을 하다
가 손가락질하며 깔깔 웃어댔다. 두들겨 맞아 허리뼈도, 살갗이 벗겨
진 무릎도 견딜 수 없이 아파 동네가게 한쪽에 엉덩이를 걸치고 쉬는
데 구린내 때문에 옆에 오는 사람이 없었다. 욱신거리는 허리를 이끌
며 비틀비틀 걷는 꼬락서니가 어디 비할 바가 없었다.

　할멈은 그런 줄도 모르고 저녁때도 되고 해서 문 앞에서 까치발로
디디고 서서 큰길을 내다보며 목이 빠지라 기다리고 있었다. 두 정[7]
쯤 떨어진 저쪽에서 오는데 그것을 보고 우와! 사람들이 참 많이도 뒤
따르고 있네. 배웅하는 사람들인가. 대감댁에서 얼마나 재미있어 하
셨으면.

보쿠쇼가 점점 다가오는 것을 보고는 붉은 기모노를 하사받아 입고
오는구나. 얼씨구, 좋구나, 좋아! 라며 할멈은 기다리다 못해 집안으

---

7) 거리를 나타내는 단위로서 2정(町)은 약 220미터이다.

로 쫓아 들어가서 중얼거렸다.

"아이고 흉해라. 이런 낡은 옷들. 이제 곧 부자가 될 텐데 이런 너덜
너덜한 것들은 천지 입을 일이 없지. 며느리나 손주도 뭐 하러 입겠
어."

할멈은 횃대에 걸어둔 옷들을 끌어내려 불을 피워서는 활활 태워버
렸다. 손자가 아깝다 해도 들은 척도 하지 않았다. 며느리는 그리 되
면 좋겠다하면서도 고개를 갸우뚱거리며 목을 길게 빼고 기다리고 있
었다.

아이고, 내 워라. 이놈의 연기가 나한테 반했나.
자꾸 치근대며 달라붙네. 저리 가! 저리 가!

보쿠쇼는 간신히 집에 돌아왔는데. 붉은 기모노처럼 보였던 옷은
머리에서 흘러내린 피가 묻은 것이었고, 샛노랗게 보이던 바지 하카
마는 똥으로 범벅된 것이었다. 손도 못 댈 지경이어서 장대에 걸어 두
고는 할멈은 눈살을 찌푸리고 코를 틀어막으며 아연실색했다. 갈아입

을 옷조차 다 태워버렸기에 보쿠쇼는 발가벗은 채 몸을 와들와들 떨며 할멈의 말도 들리지 않는다는 듯 그저 웅크리고 있었다. 사내의 시커먼 거시기는 축 쳐져 있는 것이 가난뱅이 보쿠쇼 이름에 걸맞은 지리지리 궁상 그대로였다. 사정이 이렇다 보니 윗동네에 사는 묘사이라는 비구니가 소식을 듣고 찾아왔다.

"뭐라 말씀을 드려야 할지……. 나무아미타불, 나무아미타불."

묘사이는 달리 할 말도 없고, 그렇다고 돌아가기에도 왠지 찜찜했다. 이웃에 사는 여인네가 찢어진 가리개 틈새로 엿보며 딱하게 생각하면서도 자연스레 엉덩이 쪽으로 눈길이 갔다.

그날 밤도 그 다음날도 여전히 복통이 가시지 않아 마치 저녁연기 일듯이 엉덩이에서는 자꾸 방귀가 나고 들판의 벌레 울 듯 뱃속도 요동쳤다. 비가 오다 말다 잔뜩 찌푸린 하늘처럼 개운치 않고 아랫배가 묵직한 것이 꾹꾹 쑤시듯 아팠다. '아이고 배야, 아이고 배야.' 하며 금방이라도 숨이 넘어갈듯 하니 할멈은 볼썽사납게 생각하면서도 미우나 고우나 영감인지라 주름 자글자글한 손을 데워 배를 어루만져 주었다. 어이가 없어 웃음도 났지만 몸에 배인 고약한 냄새 탓에 차마 웃을 처지도 못되었다. 어쩔 도리가 없어 엎드리게 해서는 등에 올라가 횃대를 붙잡고 허리를 밟고 있으니 등에 업힌 손자가 흔들리며 영문도 모른 채 웃었다. 오줌인지 침인지 할멈의 등에서 옷자락을 타고 허벅지로 흘러내리는 것을 보고 그새 영감의 복통이 옮아서인가 생각되었다. 며느리가 미음을 이것저것 쑤어 와 권했지만 보큐쇼는 쳐다보지도 않았다.

"아이고 허리야, 아이고 허리야."

차츰 기력도 떨어져 이제는 뒷간까지도 못 가고 굽 높은 게다를 신

고 마당으로 기어가 다듬잇돌에 기대어 엄청나게 쏟아냈다. 그리고는
목이 말라 물을 쉴 새 없이 찾아댔다.

"할멈 물, 물."

보쿠쇼는 어린애가 보채듯 울었다. 물은 마시는 족족 뒤로 나왔다.
설사하는 통에 몸은 볼품없이 야위고 얼굴 살도 쏙 빠지고 눈도 푹 꺼
져 들어가 거무튀튀하였다. 이래서는 명줄보존도 힘들듯 하여 내의원
영감⁸⁾인 기요마로⁹⁾를 찾아가 눈물로 여차여차한 사정을 아뢰니 자
비를 베푸는데 신분의 고하가 있겠냐며 친히 나와 보고 약을 조제하
여 주었다. 그때서야 할멈도 안도의 숨을 내쉬었다.

아무래도 일이 이렇게 된 것에 분이 풀리지 않은 할멈은 강가에 나
가 몸을 정갈히 한 후, 부적을 하나 들고 남쪽을 향해 기도를 올렸다.

"나무귀명정례,¹⁰⁾ 구마노 삼신(三神)¹¹⁾이시여! 우리 영감이 오리베
때문에 망신을 당했소. 그렇게 만든 놈을 목숨이 붙어 있을 때 잡아서
혼줄 내 주소서!"

할멈은 염주를 거칠게 굴리며 저주를 퍼부었다. 삼신께서 기도를
들어 주신 것인지, 구마노 쪽에서 부리가 두툼한 까마귀 한 마리가 날

---

8) 덴야쿠노카미(典藥頭)라고 하여 궁정이나 막부에서 의약을 다루던 고위관
   직(의관)이었다.
9) 이본을 참조하면 '와케노 기요마로(和氣淸麿)'로 되어 있다. 와케씨(和氣
   氏)는 단바씨(丹波氏)와 함께 의약을 담당하던 집안이었다.
10) 나무귀명정례(南無歸命頂禮). 부처의 발에 머리를 대고 '나무귀명정례'라고 외며
    부처에게 귀의하고자하는 기도문이다.
11) 구마노(熊野) 삼신(三神). 구마노 지방에 있는 구마노혼구타이샤(熊野本宮大社),
    구마노하야타마타이샤(熊野速玉大社), 구마노나치타이샤(熊野那智大社)에서 각
    각 제신으로 모시고 있는 게쓰미코노카미(家都御子神), 구마노하야타마노카미
    (熊野速玉神), 구마노후스미노카미(熊野夫須美神)를 말한다.

아오더니 부적 앞에 깃을 내리고 울었다. 할멈은 소원이 이루어졌다고 생각하고 돌아왔다.

그렇다고 하더라도 이것이 모두 후쿠토미의 소행이구나 하는 생각에 힐멈은 증오심이 불타올라 이 분풀이를 꼭 해야겠다 싶어 조석으로 애를 태우며 때를 기다리고 있었다. 남에게 원망을 사면 그것이 오히려 화근이 되기 마련인 것이다. 후쿠토미는 연일 꿈자리가 사나워 꿈 풀이 하는 사람에게 물어보았다.

"이레 동안 문밖으로 나가지 말고 사람을 멀리하시오."

이렇게 들어앉아 있으라고 하자 그는 아휴 갑갑해서 원, 이럴 때는 신사에 가서 비는 게 낫겠다며 이른 아침부터 길을 나섰다. 보쿠쇼 할멈이 이 일을 전해 듣고는 돌아오는 길모퉁이에서 후쿠토미를 기다렸다가 다가오는 그에게 와락 달라붙었다. 그 달려드는 모양새는 망량(魍魎)요괴도 흉내 내지 못할 정도였다. 아이고, 끔직도 하지. 후쿠토미는 그래도 남자라고 할멈의 손목을 비틀어 떼치고 줄행랑을 쳤다. 그러자 할멈도 뒤를 쫓아 가슴언저리에 달려들어 콱 깨물어 흔들어댔는데, 달려드는 그의 모습은 사람에게 덤벼들어 물어뜯는 개보다 더 사나웠다. 눈동자는 뒤집히고 입은 귀 어귀까지 찢어지고 뜨거운 숨을 토해 내는 것이 흡사 구렁이 그대로였다. 지나가던 사람들은 이 광경을 목격하고, '요괴가 사람을 잡아먹네. 아이고, 끔찍해라!' 라고 소리 지르며 도망을 쳤고, 또 어떤 이는 좀체 보기 드문 구경거리라며 흠칫흠칫 되돌아보았다. 다메이치, 우타이치의 두 비파법사[12]는 경신(庚申)의 날 밤새도록 기도하고 돌아오는 길에 야단스러운 소리를 들

---

12) 비파법사(琵琶法師). 비파를 연주하는 맹인으로 승려 모습을 하고 있다.

고 이리나 삽살개가 나타났나 싶어 졸음도 확 달아나버려 가던 길을
재촉했다.

어느 시종(侍從)[13] 나으리는 '개가 자꾸 짖는데 도둑인가, 나가서
쏴 죽여야겠다.' 하고 활을 들고 나가더니 요괴라는 말에 흠칫 놀라
되돌아가 버렸다. 옛날에는 정말로 그러했다.[14]

위의 글과 그림   쇼바이(尙梅) 필사
관엔(寬延)[15] 3년 초추[16]

---

13) 시종(侍從). 왕의 시중을 드는 관인이다.
14) 구전설화의 말미에 붙는 형식구이다.
15) 관엔(寬延). 관엔은 1748~1751년까지 사용한 연호이다.
16) 초추(初秋). 음력 7월을 말한다.

작/품/해/설
오토기조시

　오토기조시는 무로마치 시대(室町時代, 1336~1573)에서 에도 시대(江戸時代, 1603~1867) 초기, 14세기에서 17세기에 걸쳐 창작된 모노가타리(物語) 곧 이야기 문학을 총칭하는 것이다. 이 호칭은 에도 중기 출판사 가시와라야(柏原屋) 시부가와 세에몬(澁川淸右衛門)이 23종의 이야기를 모아 총서로서 '오토기문고(御伽文庫)', 또는 '오토기조시(御伽草子. 일명 御伽草紙)'라고 명명하여 출판한 것에서 비롯하였다. 이후 이러한 종류의 작품들도 일컫게 되었는데, 작품은 500여 편에 이르고 대부분 단편들이다. 성립 시기나 작가는 거의 알려져 있지 않으며 이전의 헤이안 시대(平安時代, 794~1192)나 가마쿠라 시대(鎌倉時代, 1185~1333)에 나온 이야기 문학의 작가가 상류귀족층이었던 데 반해 오토기조시는 귀족 이외에 승려, 은둔자, 학식 있는 무사, 민간 종교창시자, 이야기꾼 곧 전기수(傳奇叟) 등이 작가층을 담당했다. 뒤늦게는 서민(도시에 거주하는 소상공인)들도 가

세한 것으로 추정된다. 그러므로 독자층도 귀족뿐만 아니라 부녀자나 아동을 위시하여 광범위한 계층을 겨냥하여 만들어진 것으로 보인다.

작품의 경향은 옛날이야기, 전설 같은 민간전승이나 이전의 문학작품에서 소재를 얻은 경우가 많고 내용도 다채롭다. 귀족들의 연애나 실연에 의한 출가를 다룬 이야기, 의붓자식을 학대하는 계모이야기, 승려·신불(神佛)의 연기(緣起)와 영험에 관한 종교적인 이야기, 전쟁·무용(武勇)·복수 등을 다룬 무사 이야기, 서민의 입신출세 또는 연애를 다룬 이야기, 중국이나 인도와 같이 외국을 무대로 한 이야기, 동식물이나 무생물을 사람과 같이 다룬 의인(擬人)이야기, 가인(歌人) 전설적인 이야기, 우화(寓話)적 성격의 이야기, 이류교혼(異類交婚) 이야기 등이다.

헤이안 시대에 주로 귀족 사회를 묘사한 낭만적인 색채를 띤 이야기 문학은 가마쿠라 시대에도 많이 창작되었지만 귀족 사회의 붕괴와 함께 점차 쇠퇴하고 남북조 시대에 들어서는 단절되다시피 했다. 그런 후 출현한 것이 오토기조시로 에도 초기 소설인 가나조시(仮名草子), 그 뒤를 이어 한 시기를 풍미한 우키요조시(浮世草子)로 이어지는 과도기적 작품들이다. 이 시기의 문학은 짧은 시간에 읽고 즐기는 단편들이 많았는데 오토기조시도 그러한 성격을 지닌 것으로, 전란이 많았던 중세에서 근세로 이행하는 혼란한 시기, 문학수용자가 상류귀족층에서 점차 서민 등이 가세하는 문학적 이행기, 그리고 독자층의 수준과 관계가 있는 것으로 추정된다. 오토기(御伽)는 본래 귀족 곁에서 무료함을 달래주기 위해 이야기상대를 해주는 사람을 일컬었는데 오토기조시도 그때 사용된 읽을거리로, 자신이 읽거나 누군가 읽어주는 것을 들으며 향유했던 문학이었다. 아름답게 그려진 삽화본으로 전해지는 것이 많고 그림에 내용을 써넣은 것도 있어 읽고 즐기는 흥미본위의 책이었다. 또한 짧은 분량임에도 주인공의 일생과 같은 긴 세월에 걸친 사건들을 다루는 줄거리 중심인 내용의 작품도 많다. 정경이나 인물표현 등이 획일석이며 심리묘사를 추구하는 것이 적고 회화문을 많이 사용하였다. 이것은 텍스트 자체가 낭송되는 것과 관련이 있으며 불교 창도(唱導)나 강담처럼 구연하는 방법과 닮아있다. 문구나 문장표현은 묘사보다 사건전달방식으로 설화적이다. 교양이 낮은 넓은 독자층에게 지식이나 교훈을 전하고자 하는 계몽적인 성격의 작품이 많다. 또한 당시의 문학이 불교와 깊이 관련되어 있듯이 불교 관련 작품이 많으며 신불(神佛)의 영험이나 현몽 등이 자주 작품에 나타나는 특징을 보인다.

본 책에서는 10종의 작품을 선별하여 엮었다. 작품들은 오토기조시 중에서도 대표적인 작품으로 구성도 비교적 탄탄하고 담고자하는 주제 또한 심각한 측면이 있어 흥미롭게 감상할 수 있을 것이다. 계모 이야기를 다룬 〈바리때 쓴 처녀〉는 한국의 계모형 설화나 소설을 연상하게 하고, 방귀 뀌는 재주를 둘러싼 골계적 이야기인 〈방귀쟁이 후쿠토미 장자〉는 한국의 구전설화 〈방귀쟁이 며느리〉를 떠올리게 한다. 또한 잡아 올린 대합이 여인으로 변신하여 효자아들을 찾아와 부부의 인연을 맺고 부를 가져다주는 〈대합 색시〉는 〈우렁각시 설화〉와 동일한 계통이다. 거북을 구해주고 용궁을 방문하는 〈우라시마 다로〉는 한국 구전설화에 보이는 용궁방문이나 이류교혼 유형들과 유사함을 보여주고 있다. 그러면서도 이야기를 풀어가는 전개방식은 일본문학적인 독특함을 보여주고 있어 비교해볼 만한 자료적 가치도 크다. 그 외에 당시 사회문화사적으로 소상공인의 대두와 관련된 장사

치의 부축적과 함께 영화로움을 그린 〈분쇼 장자〉, 잦은 전란으로 한
치 앞도 예측하기 어려운 시대에 흥륭한 불교의 영향으로 출현한 참
회담인 〈세 승려의 참회〉, 참외 안에 잉태하여 태어나서 노부부의 자
식인 된 〈참외 색시〉, 일본의 고유노래인 와카(和歌)를 삽입한 유려
한 문체에다가 재색을 겸비한 여성 오노노 고마치의 인생 말의 비참
함을 다룬 〈기녀 고마치〉 등은 소재가 참신할 뿐만 아니라, 당시의 시
대적 배경과 함께 서민들의 소망과 애환, 사랑, 인생무상을 순수하면
서도 핍진하게 그리고 있어 한국문학세계에서는 맛볼 수 없는 또 다
른 묘미를 만끽할 수 있으리라 본다.

1. 분쇼 장자

〈분쇼 장자〉는 무로마치 시대에 성립된 일본의 옛날이야기 중 하나
로 일개 신관의 종이었던 분쇼가 소금장사로 성공하고 딸들도 좋은
혼처로 중궁의 지위에까지 올라 한껏 부와 영예를 누린다는 이야기이
다. 〈소금장수 분쇼(塩賣文正)〉·〈자염업자 분쇼(塩燒文正)〉·〈분다
이야기(ぶん太物語)〉 등의 별칭을 지닌 이 이야기는 서민들의 부귀
영화를 배경으로 하는 경사스러운 내용으로 정월에 읽는 상서로운 서
적으로 여겨져 왔다.

히타치 지방 가시마 대명신의 신관(神官) 대궁사의 종인 분다는 주
인에게 쫓겨나 떠돌다가 쓰노오카 해변 소금 굽는 집에 흘러든다. 그
곳에서 열심히 일한 밑천으로 소금을 구워 장사하여 엄청난 부호가
된다. 그리고 가시마 대명신의 가호로 출중한 미모의 딸을 둘이나 얻
는데, 혼기가 찬 딸들은 히타치 지방 영주들의 구혼도 다 마다하고 더

나은 배우자를 만나리라 확신하며 지내던 중에 큰딸은 교토에서 물건 팔러 온 장사치와 인연을 맺는다. 놀랍게도 그 장사치는 딸들의 미모를 전해 듣고 내려온 관백(關白)의 아들인 2품 중장이었다. 중장은 큰딸을 데리고 상경하는데 이번에는 딸들의 소문을 들은 나라의 왕이 작은딸을 불러올리고 분쇼 내외도 함께 상경시킨다. 작은 딸은 중궁이 되어 왕자를 얻고 큰딸은 왕자의 유모가 되어 모두의 존경을 한 몸에 받아 온갖 영예를 세상에 떨친다. 분쇼 역시 정3품인 다이나곤이라는 지위까지 오르고 그의 아내는 2품 작위가 내려져 부부는 수많은 공덕을 쌓으며 장수한다는 이야기이다.

　보잘 것 없는 장사치가 부와 명예를 동시에 거머쥔다는 입신출세담으로, 당시 소상공인이 급격히 세력이 강해진 사회상의 반영이자 서민들의 이상의 표현이다. 분쇼 딸들의 행위에서는 권력자들에게도 굴하지 않고 자신들의 뜻을 관철하는 강인한 개성이 엿보인다. 보다 나은 결혼상대를 만날 수 있다는 신념과 그렇지 못할 바에는 출가를 하거나 목숨을 끊겠다는 단호함도 당시의 여성들 모습에게서는 찾아보기 어려운 특이한 점이다. 이러한 내용으로 인해 특히 부녀자들에게 환영받아 혼수품으로 마련해가는 귀한 서적이기도 하였다. 이와 같은 특징과 함께 일개의 천민이 왕족과 결혼하여 왕족의 혈통을 잇고 있다는 점은 동아시아적 계보존중의 가치관을 드러내며, 자식을 더 없는 보배라고 생각하는 보편적인 사고와 맞물려 눈여겨 볼만하다. 이 작품은 특별한 갈등이나 악인의 등장이 없는 밝은 분위기의 축의물이다.

2. 한 치 동자

　지금 전해지고 있는 〈한 치 동자〉는 그 성립시기가 정확하지는 않지만 무로마치 시대 후기까지는 성립해 있었을 것으로 추정되고 있다. 〈분쇼 장자〉와 마찬가지로 서민들의 입신출세담이며, 세계적으로 산재되어 있는 〈엄지 동자〉 설화 유형으로 민간전승에서 소재를 얻은 것으로 보인다. 일본에서 '작은 아이'의 모티프가 일본신화에 나오는 스쿠나히코나(少彦名)와 히루코(蛭子)에서 찾을 수 있을 만큼 역사가 깊다. 아주 작은 키의 주인공이 지혜롭게 성공을 이룬다는 점에서 이야기로서도 효과적이며 이름에서도 느껴지는 친근감 때문에 근세 후기 이래 어린이를 위한 읽을거리로 엮어졌다.

　자식이 없던 노부부가 스미요시 대명신에게 간절히 기도하여 귀여운 사내아이를 얻는다. 그러나 태어난 아이의 키는 한 치 밖에 되지 않고 더 자라지도 않는다. 노부부는 이런 아들이 요물은 아닐까 염려되어 내쫓으려 하자, 한 치 동자는 밥그릇을 배로 삼고 젓가락으로 노를 저으며 검 대신 바늘, 칼집 대신 밀짚을 마련해 상경 길에 오른다. 교토에 당도하여 대궐 같은 재상의 저택에서 일을 하다가 재상의 딸을 사모하여 아내로 삼고자 꾀를 낸다. 결국 궁지에 몰린 딸이 집에서 쫓겨나자 한 치 동자가 동행한다. 배를 타고 가다가 풍랑에 쓸려 괴상한 섬에 다다르는데 거기에 나타난 도깨비를 물리치고 도깨비가 두고 간 요술망치를 휘둘러 멋진 남성으로 변신하여 재상의 딸과 혼인을 한다. 음식과 금은보화도 원하는 만큼 내어 엄청난 부를 얻고 상경한다. 대궐에까지 이 사실이 알려지자 왕은 그를 불러들인다. 한 치 동자의 가계내력도 밝혀지고 하여 정5품 소장(少將)에 임명되고, 이윽고 종3품 주나곤(中納言)으로 승진하여 대대로 번영한다.

〈한 치 동자〉는 분량에 비해 다채로운 전개가 흥미진진하다. 바늘을 검 삼아 밥그릇 배를 타고 젓가락으로 노를 저어 상경한다는 대목은 기발한 발상이다. 교토의 산조재상 댁에서 기거하며 기지를 발휘하여 재상의 딸을 아내로 삼고자하는 부분은 구혼연애담의 일종이다. 또한 재상에게 꾸짖음을 당하고 딸이 쫓겨나는 장면에서 계모가 등장하는 것은 계모학대 이야기 형식이며, 한 치 동자가 도깨비를 물리치는 대목은 요괴퇴치담의 계통이다. 더욱이 도깨비에게 얻은 요술망치를 쳐서 금은보화를 내는 것은 〈도깨비 방망이〉 유형의 소재인데, 이러한 익숙한 소재에다 기발한 발상까지 어우러져 지금도 그림책이나 동요로 재생산되고 있다.

일반인과 다른 신체조건으로 부모마저 업신여기자, 정든 집을 떠나 넓은 세상으로 나아가 악을 물리치고 지혜를 발휘하여 고귀한 여성과 결혼하고 출세가도를 달려 자손대대 부귀영화를 누리며 장수한다는 이 이야기는 더 없는 경사스러운 이야기로서 현재까지도 일본인의 사랑을 듬뿍 받고 있는 작품이다.

3. 바리때 쓴 처녀

내용은, 사네타카 장자 부부가 슬하에 자식이 없어 일심으로 하세데라절(長谷寺) 관세음보살에 기도를 올리던 중에 예쁜 딸아이를 얻는다. 그러나 딸이 열세 살 되던 해 병석의 어머니가 딸아이 머리에 큼지막한 바리때를 씌워 놓고 생을 마감한다. 떼어내려 해도 떨어지지 않는 바리때를 쓰고 있으니 계모와 사람들로부터 흉물덩어리로 놀림을 당한다. 그 와중에 계모에게 딸이 태어나자 학대는 더욱 심해지고 결국에는 집에서 쫓겨난다. 바리때는 신세를 한탄하다 강물에 몸을 던졌지만 머리에 쓴 바리때가 가라앉지 않고 떠올라 삼품(三品) 중장인 야마카게에게 구조된다. 그 집안의 목간 일을 하는 바리때는 인품이 출중한 중장의 넷째 아들 사이쇼 도령의 눈에 띄어 부부의 연을 맺지만, 시어머니와 동서들이 바리때를 쫓아내기 위해 며느리 자랑잔치를 열자 근심으로 날을 보내던 중, 머리에서 바리때가 벗겨지고 안에서는 금은보화가 쏟아진다. 그리고 결말에서는 탐욕스러운 계모와 헤어져 남루한 모습으로 하세데라 절간을 찾아 든 아버지와도 만나게 되어 모두 복을 누리며 산다는 이야기이다.

계모가 의붓자식을 학대하는 이야기로 되어있는 작품은 이미 헤이안 시대, 10세기 말경의 〈오치쿠보 이야기(落窪物語)〉가 있었다. 계모에게 학대를 당하던 의붓딸이 고귀한 집 도령과 결혼하자 그 남편이 속 시원하게 계모에게 복수하고 그 후 부귀영화를 누리며 잘 산다는 권선징악의 형태를 띠고 있다. 〈바리때 쓴 처녀〉 역시 계모의 학대를 받고 천한 신분으로 나락하였으나 귀인을 만나 신분상승하고 부귀를 누린다는 상투적인 구성을 취하고 있지만, 때때로 와카를 삽입시켜 등장인물들의 미세한 심리를 그려내어 고전의 아름다움을 표현한 점이 매우 특이하다. 계모에 대한 징악 없이 아버지를 만나 복을 누린다는 점도 기존의 보편적인 계모이야기와는 상이하다. 또 며느리 자랑잔치에서는 당시 귀족들의 혼인 풍속도와 생활상을 엿볼 수 있다. 이 작품의 무엇보다 흥미로운 점은 죽은 어머니가 머리에 씌워놓은 바리때가 바리때 처녀에게 부귀영화를 가져다주는 주보(呪寶)로 나타난다는 것이다. 계모와 의붓딸의 갈등이라는 현실적 제재에다 환상

적 요소가 보태져 읽는 재미를 더하고 있다. 이야기 속 사네타카 장자 부부가 기도를 올렸다는 하세데라절은 현재의 나라현 사쿠라이시(奈良縣 櫻井市)에 있으며 그곳에 안치된 본존불인 십일면관세음보살의 영험은 잘 알려져 지금도 사람들의 발길이 끊이지 않는다고 한다.

4. 참외 색시

〈참외 색시〉는 일본 옛이야기로 복숭아에서 태어난 〈모모타로(桃太郞)〉와 마찬가지로 식물에서 태어난 인물이 주인공이 되어 활약하는 내용이며 지금껏 널리 읽혀지고 있는 이야기이다. 이것은 지역에 따라 이야기 전개에 다소 차이가 있다. 그 하나는 노부부의 간절한 바람으로 참외에서 태어난 여자아이가 마귀할멈의 획책으로 무참히 죽음을 맞는다는 것과, 다른 하나는 마귀할멈의 방해를 극복하고 부잣집으로 시집가서 영화를 누린다는 것인데, 본 이야기는 후자에 속한다.

옛날, 참외농사를 지으며 근근이 살아가는 노부부는 슬하에 자식 있기를 간절히 기원하여 집에 따다 놓은 예쁜 참외에서 딸아이를 얻는다. 애지중지 잘 키워 그 지방에서 위세를 떨치던 국사와 혼인을 맺는 날, 방해꾼인 마귀할멈이 나타난다. 마귀할멈은 참외 색시를 꾀어내어 나무둥지에 높이 매달아 놓고 자신이 가마타고 시집을 가고자 했지만 가마를 메고 가던 일행에게 발각되어 들판으로 끌려가 처치된다. 마귀할멈의 몸뚱이에서 흘린 피는 억새에 묻어 밑동이 붉게 물들고 그 꽃도 붉은 빛을 띤다고 한다. 이후, 국사 집에서는 참외색시를 맞아들이자 집안은 나날이 번성하고 아들도 얻는 경사가 거듭된다.

참외 색시를 길러준 노부부도 그 지방의 영지 관할소를 하사받아 그간의 고생을 잊고 남은 여생동안 마음껏 호사를 누리며 산다.

이 이야기에서 마귀할멈의 등장은 이야기에 긴장감을 고조시키며 결국 악은 징벌된다는 것으로, 읽는 재미를 주는 데다 고단한 삶을 살아가는 서민을 위로하며 기쁨을 주는 것으로 되어있다. 또한 신불을 믿고 의지하면서 어려움을 참고 이겨내는 자는 내세가 아니라 현세에서 바로 그 복을 누릴 수 있다는, 현세의 복을 지향하는 일본인 특유의 불교세계관이 잘 나타나 있다. 이야기는 구전으로 전국적으로 전하는 가운데 이 작품은 참외 색시 자신이 태어난 고향이라며 해마다 참외를 베풀어 주었다는 야마토(大和) 지방, 곧 지금의 나라(奈良)현 이소노카미(石上)가 무대로 되어있다.

5. 대합 색시

우리나라의 〈우렁각시 설화〉와 비슷한 내용으로 중국판 우렁각시인 〈오감(吳堪)〉 등과 같이 인간과 어패류가 결혼한다는 이류교혼유형의 설화이다. 〈대합 베짜는 여인(蛤機織姬)〉이라고도 한다.

인도의 외진 곳에 마흔이 넘은 나이의 시지라가 살고 있었다. 그 무렵 인도는 극심한 기근으로 생활이 힘들자 시지라는 낚시로 물고기를 잡아서 홀어머니를 모시고 있었는데, 어느 날 우연히 대합을 잡고는 놓아주기를 반복하는 중에 배 안에 던져둔 대합에서 열일곱 여덟 가량의 아리따운 처녀가 나왔다. 부부가 되기를 원하는 처녀의 말에 시지라는 일단 거절을 하지만 어머니의 간곡한 부탁으로 둘은 부부의 연을 맺는다.

어느 날, 대합 색시는 삼으로 실을 잣더니 이번에는 베틀을 부탁해서 불쑥 찾아온 젊은 처녀와 함께 아무도 방에 들이지 말라고 다짐하고는 밤낮없이 열두 달을 짜내어 두께 여섯 치, 너비 두 척의 천을 만들었다. 삼천관에 팔아달라는 부탁을 받고 마가다국 녹야원 장에 간 시지라는 그곳에서 어느 노인을 만나 그 집에 따라가 칠덕보수의 술 일곱 잔을 얻어 마시고는 삼천관과 함께 어느새 집에 도착해 있었다.

자초지종을 모두 알고 있었던 대합 색시는 자신이 남방 보타락 관음정토에서 온 관세음보살의 사자라는 사실을 밝히고는 이별을 고하고 구름을 타고 날아가 버렸다. 그 후 시지라는 득도 성불하여 부처의 경지에 이르러 칠덕보수의 술 일곱 잔을 마신 것으로 칠천년이 되는 해에 극락정토에 들었다.

효행이 뛰어난 24명의 이야기를 모은 중국의 〈이십사효(二十四孝)〉 중 한 명인 동영(董永)의 이야기를 모티브로 하고 있으며, 효행의 교훈적 기능을 중요 소재로 하는 〈오토기조시〉의 특징을 잘 나타내고 있는 효행설화의 대표적 작품이다.

6. 우라시마 다로

우라시마 다로는 일본 각지에 존재하는 용궁 신화의 하나로 이야기에 등장하는 주인공의 이름에서 유래한 제목이다. 8세기 초반에 만들어진 역사서인 〈일본서기(日本書紀)〉와 7세기 후반에서 8세기 후반에 걸쳐 만들어진 시집인 〈만엽집(万葉集)〉에 그 원형이 실려 있을 정도로 아주 오래된 이야기이다.

우리나라에도 널리 알려져 있는 일본의 옛이야기로 일반적으로는 아이들에게 괴롭힘을 당하고 있는 거북 한 마리를 살려준 뒤 그 보답으로 거북이 용궁으로 안내한다는 줄거리이다. 하지만 본 번역에서는 부모를 봉양하기 위해 바다에 나가 낚시를 하던 중 거북 한 마리를 낚아 올렸으나 놓아주게 되며, 다음날 낚시를 하고 있는 다로에게 작은 배 한 척을 타고 아리따운 여인이 찾아온다는 이야기로 설정에 다소 차이가 있다.

여인이 이끄는 대로 따라간 다로는 열흘 남짓 뱃길을 달려 여인의 고향인 용궁에 도착한다. 사계절이 공존하는 용궁에서 여인과 삼 년이라는 세월동안 영화를 누리며 살았지만 부모님이 걱정되어 고향에 다녀오겠다고 하자 여인은 삼 년 전에 살려준 거북이라는 사실을 고백하고 절대 열어서는 안 된다며 예쁜 합 하나를 건넨다.

원래 살았던 바닷가에 도착해보니 인적은 끊어지고 마을은 황폐한 들판이 되어 있었다. 어느 초가에 살고 있는 노인을 찾아가 우라시마 집안에 대해 물어보니 칠백년 전의 사람이었다는 이야기를 듣고 망연자실한 다로는 거북이 준 합을 열어보았다. 자신의 나이를 넣어 둔 합을 열어본 것으로 한순간에 다로는 학이 되어 봉래산으로 날아가 버렸다. 여인도 다시 거북의 모습으로 봉래산으로 찾아와 다로와 재회하여 부부의 명신이 되었다는 이야기이다.

용궁에서 돌아 온 후 삼백 년이 아닌 칠백 년의 시간이 지나갔다는 내용은 이본들과 다른 특징이라고 할 수 있다. 한편, 거북을 살려준 선행으로 다로는 삼 년 동안의 쾌락을 얻게 되지만 궁극적으로는 부모님과 함께 태어나서 자란 환경도 잃게 되며 순간적으로 늙게 되는 불행을 초래하여 권선징악과 인과응보를 교훈으로 하는 옛 이야기의 줄거리와는 다소 괴리된 느낌이 있는 것도 사실이다.

7. 기녀 고마치

　〈기녀 고마치〉는 작자미상으로 헤이안 시대의 여류 가인(歌人)인 오노노 고마치(小野小町)의 무상한 인생 말을 그리고 있는 이야기이다. 오노노 고마치에 대한 전기는 소상히 전하지 않고 있으나 일설에는 궁중에서 왕이나 왕비 곁에서 시중들던 여관(女官)으로 알려져 있다. 헤이안 시대 초기에 성립된 〈고킨와카슈(古今和歌集)〉의 가집(歌集) 등에 실린 노래나 그에 관한 전설, 설화 등에 의하면 미모와 재능을 겸비한 여인으로 알려져 있지만, 이야기는 향유층에 의해 부풀려져 기생 고마치로 각색되기도 하며 대부분 화려한 영화를 뒤로하고 인생 후반에는 영락하여 쓸쓸히 생을 마감하거나 유령이 되어 행인들에게 나타나서 지난날을 들려주는 이야기들로 전해진다. 〈기녀 고마치〉도 그 중 한 작품인데, 특이한 것은 고마치 자신의 몸은 돌아보지 않고 뭇 남성들을 어루만져주어 어떤 의미로는 '구원'으로 사람들에게 불도의 길을 열어주었기에 관세음보살의 화신으로 이야기된다는 것이다.

　내용은, 재색을 겸비하고 풍류를 즐기던 고마치는 늙고 초라해진 모습에 수군대는 사람들의 소리를 들으며 도망가듯 교토를 나서 방랑길에 오른다. 지난날의 영화를 그리워하며 걸인과 같은 방랑을 계속하다가 쇠락한 모습과 이루어지지 않는 가도(歌道)를 한탄하며 동해도(東海道)를 지나 미치노쿠(陸奧) 다마쓰쿠리노 오노(玉造の小野) 들판에 이르러 이슬과 같이 사라진다. 그곳을 헤이안 시대 가인이자 호색남인 아리와라노 나리히라(在原業平, 825~880)가 찾아가자 바람결에 고마치가 나타나 와카를 주고받고 사라졌는데 주위를 둘러보니 덤불 속에 백골과 참억새 한 무더기만 있었다는 이야기이다.

이야기 첫머리부터 〈고킨와카슈〉의 서문을 가져와 와카의 가치를 설명하고 있다. 그리고 와카의 형태는 석가여래의 모습(32상)에서 31자가 비롯되었다고 불교적인 신비성으로 강조하고 있다. 뛰어난 가인이었던 고마치와 나리히라는 관세음보살의 화신이었다고 하는 결말전개 등에서 가도(歌道)와 불도(佛道)를 함께 추구하려 했던 중세의 독특한 사고를 읽을 수 있는 작품으로서 주목받고 있다. 뿐만 아니라 번역에서는 만족할 만큼의 맛을 살리기에는 역부족이었지만 고마치가 젊었을 때 교제한 남정네들에게서 받은 연정 담은 편지들을 참회(懺悔)형식으로 이야기하는 대목과, 방랑하는 장면에 그려진 도행문(道行文)에서는 일본의 독특한 와카풍의 문장을 즐길 수 있다는 점이 본 작품의 압권이라 할 만하다. 서사로서의 구성은 다소 떨어지지만 전체적으로 와카를 많이 삽입한 유려한 문장은 감상하기에 부족함이 없다고 할 수 있다.

8. 사이키

〈사이키〉는 오토기조시 중에서도 비교적 늦은 시기에 성립된 것으로 보이고 '귀족들의 연애 실연에 의한 출가를 다룬 이야기'이다. 귀족층의 전유물과 같았던 문예가 대중화되는 과도기의 장르인 오토기조시이므로 비교적 쉬운 문장에 인물과 내용이 유형적(類型的)적인 작품이 나타난 것도 또한 어쩔 수 없는 현상이었다. 한 남자가 상경하는 것을 발단으로 하여 본처와 후처 사이에 벌어지는 처첩갈등은 상투적인 소재이다. 그러나 이야기를 풀어가는 방식에 있어서는 이 작품 나름의 신선함을 발견할 수 있다.

규슈(九州)에 사는 사이키는 일족에게 영지를 빼앗겨 소송을 위해 교토에 오른다. 일이 잘 진척되지 않아 기요미즈데라절(淸水寺)에 참배하였다가 어여쁜 여성을 만나 성을 통한다. 여성의 도움으로 일도 잘 마무리 되어 규슈의 본가로 되돌아가는데, 다시 찾겠다던 약속을 3년이나 무심하게 저버린다. 기다리다 지친 교토 여인이 보낸 편지를 규슈의 본처가 읽고 남편의 외도를 알게 된다. 그러나 질투는커녕 교토의 여인을 자기 집으로 맞아들이고 자신은 출가한다. 본처의 행동에 감명 받아 교토의 여인도 본처를 따라 출가하여 같은 암자에서 수행한다. 그리고 두 부인에게 버림받은 사이키도 출가한다. 이렇게 세 사람 모두 출가를 하게 된 것도 기요미즈데라 관세음보살이 보살핀 방편으로 세 사람은 극락왕생하여 아미타불, 관세음보살, 대세지보살로 각각 현현하였다는 이야기이다.

기존의 작품에서 아내가 두 명 등장하는 이야기는 본처가 남편이 저지른 외도를 격렬하게 질투하거나 자기의 사랑을 빼앗은 후처에게 찾아가 보복하는 이야기로 흐르는 것이 일반적이었으나, 〈사이키〉는 질투는커녕 오히려 자신의 자리마저 양보하고 출가한다는 것이 새롭게 도입된 서사방식이라 할 수 있다. 일견 남편의 외도에 질투할 법한 본처의 모습이 아니라, 오히려 자신의 자리를 양보하고 출가의 길을 택하는 미덕을 찬미하는 이야기로 보인다. 그러나 그 내면을 들여다보면 일부다처제를 허락하는 봉건적 부부관계에서 사랑이 없는 비인간성을 간파하고, 비록 출가의 형태로이지만 경제적인 안락함을 버리고 여성 스스로 주체적인 삶의 길을 택했다고 볼 수도 있어, 선행에 의한 출가인지 새로운 삶의 획득을 위한 출가인지를 생각하며 이야기를 읽어나가면 서사의 묘미를 더해 주리라 생각된다.

9. 세 승려의 참회

무로마치 후기에 성립된 것으로 추정되고 작자는 알려지지 않는다. 일본 불교 성지의 하나로 꼽히는 고야산(高野山)에서 수행하는 세 승려가 각자 출가하게 된 유래를 이야기하는 구성이다. 첫 번째의 승려는 아시카가 다카우지(足利尊氏) 쇼군(將軍) 밑에서 일하는 가스야 시로자에몬(糟谷四良左衛門)이라는 무사로 한 여인에게 마음을 빼앗겨 애타게 그리다가 정을 맺었지만, 그 여인이 날강도에게 당해 어이없이 죽게 되자 지켜주지 못한 자신을 탓하며 출가를 하였다. 두 번째의 승려는 아라고로(荒五郎)라는 도둑으로 살생과 도둑질만 일삼았으나 그것도 여의치 않아 굶주리다가 길가는 젊은 한 여성을 살해하고 속옷까지 갈취를 하였지만, 자신의 아내가 죽은 그 여자 머리카락마저 자르는 탐욕스러운 모습을 보고는 무상을 느끼고 출가를 하였다. 아라고로가 살해한 여성은 첫 번째 승려의 출가의 동기가 된 여인이었다. 세 번째의 승려는 가와치 지방을 다스리는 구스노키(楠木) 일가인 시노자키 로쿠로자에몬(篠崎六郎左衛門)으로 모시고 있던 구스노키 마사노리가 자신의 반대에도 불구하고 대립 측의 아시카가에 항복한 것이 계기가 되어 어린 남매와 애처를 남겨두고 출가를 하였다. 첫 번째와 두 번째 승려는 여성을 잃은 자와 죽인 자라는 처지에서 조우한다는 교묘한 배치를 하고 있으며, 세 번째 승려는 구스노키 마사노리라는 남북조 말에 실존한 유명한 역사적 인물을 배경으로 하여 앞의 두 참회담과 통일성을 꾀하면서도 변화를 추구하고 있다. 표

현도 뛰어나고 내용도 흥미로워 오토기조시 작품들 중에서도 백미로
손꼽을 수 있다. 이 작품 이후 〈일곱 비구니(七人比丘尼)〉, 〈두 비구
니(二人比丘尼)〉, 〈네 비구니(四人比丘尼)〉와 같은 참회담이 출현하
는 계기가 되는 위치에 있고, 참회담 장르의 대표작으로서도 손색이
없다.

10. 방귀쟁이 후쿠토미 장자

저본의 〈후쿠토미 장자 이야기(福富長者物語)〉를 번역함에 있어서
는 본 이야기의 내용적 특징을 잘 나타내줄 수 있는'방귀쟁이'를 삽입
하여 제목으로 삼았다. 〈후쿠토미 이야기(福富草紙)〉, 또는 〈후쿠토
미 옛날이야기(福富昔はなし)〉라는 제목의 이본도 있다. 이본은 내
용에 있어서 크게 2종이 전한다. 하나는 후쿠토미 오리베라는 사람
이 날 때부터 방귀를 잘 뀌는 재주로 평판이 나서 지체 높은 양반님들
에게도 불려가니 자연스레 재산이 불어나 번성하게 되자, 이웃에 사
는 보쿠쇼 도타가 후쿠토미에게 제자로 입문하여 그 비법을 배우지만
이마데가와의 중장(中將) 앞에서는 방귀 대신에 똥을 싸서 혼이 나고
그 아내가 후쿠토미에게 복수한다는 구성이다. 다른 하나는 고조(古
條) 부근에 사는 다카무코노 히데타케(高向秀武)라는 사람이 도조신
(道祖神)에 기원하여 신묘한 소리를 내는 방귀의 재주를 체득하게 되
어 부를 축적하자, 이웃에 사는 교토 시치조(七條) 치안경비원 후쿠
토미가 히데타케를 부러워하며 제자가 되어 비법을 배워 모방하지만
실패한다는 구성이다. 어느 것이나 그림두루마리로 전하는데 앞의 이
본은 본문내용과 그림이 분리되어 있지만, 뒤의 이본은 그림 위에 그

림을 설명하듯이 내용이 적혀 있으며 거의 대화체이다. 본 책에 실은 앞의 이본은 방귀에 의한 출세담은 간략화 되어있고 모방에 의한 실패담이 대부분을 차지하는 특징을 보인다. 앞의 이본은 16세기, 뒤의 이본은 14세기 무렵에 성립된 것으로 추정되어 앞의 이본이 구전문학으로 변화한 것이라 볼 수 있다. 부를 상징하는 후쿠토미(福富)에 대해 빈곤을 상징하는 보쿠쇼(乏少) 이름의 대조가 흥미롭고 욕심에 찬 보쿠쇼의 실패가 골계적이면서 풍자적인 묘미를 담아내고 있다. 이 양자의 대립양상은 〈흥부와 놀부〉의 구성과도 유사하며 교훈성을 지닌 서민문학으로서의 면모를 여실해 보여주고 있다.

찾/아/보/기

옮긴이 소개

박연숙(Park, Yeun Sook)

(일본)오차노미즈여자대학 대학원 졸업(인문과학박사), 계명대학교 대학원 국어국문학과 졸업(문학박사), 현재 계명대학교 강사.

논저 〈한국과 일본의 계모설화 비교 연구〉(민속원, 2010), 〈한일설화소설비교연구〉(2012, 인문사), 〈한·일 주보설화 비교 연구〉(민속원, 2017) 등.

송경희(Song, Kyung Hee)

(일본)바이코(梅光)대학 대학원 박사과정 수료, 대구대학교 강사, 영남외국어대학 겸임교수 역임. 현재 방송통신대학, 계명대학교 강사.

논저 〈観光日本語〉, 〈생생 일본어〉, 〈우리 선생님〉(번역서), 「「猿蓑」連句の美學 －無季を中心に－」(『일본어문학』, 33집), 『幻住庵記』の一考察-「幻」を中心に-」(『일본어문학』, 49집) 외 다수의 논문.

이용미(Lee, Yong Mi)

계명대학교 대학원 박사과정 수료, 현재 계명대학교 강사.

논저 〈동양시문학의 이해〉(계명대학교) 편집에 참여, 「무장(武装)과 노(能)」(『일본문화연구』, 18집), 「『스미다가와(隅田川)』에 나타난 「광(狂)」의 이미지」(『일본어문학』, 38집) 등.

최진희(Choi, Jin Hee)

계명대학교 대학원 졸업(문학박사), 경일대학교 초빙교수 역임, 대구가톨릭대학교 · 대구대학교 강사 역임, 현재 계명대학교 강사.

논저 「「朝顔」의 의미론 – 일본 고전작품을 중심으로」 (『언어학연구』, 제16권), 「「こと · の」와 복합조사 고찰」(『일본어문학』, 61집) 외 다수의 논문.

김영찬(Kim, Young Chan)

일본 규슈대학(九州大學) 대학원 졸업(문학박사), 일본 구루메대학(久留米大學) 외래교수 역임, 창원대학교 · 방송통신대학교 강사 역임. 현재 강원대학교 강의초빙교수.

논저 〈에이스일본어〉(다락원, 2017), 「大東急記念文庫本『蜻蛉日記』の注釋比較研究」(일본어문학, 2017) 외 다수의 논문.

일본 옛이야기 모음집 **오토기조시**

초 판 인 쇄 | 2017년 10월 25일
초 판 발 행 | 2017년 10월 25일

옮 긴 이 박연숙 · 송경희 · 이용미 · 최진희 · 김영찬

책 임 편 집 윤수경

발 행 처 도서출판 지식과교양
등 록 번 호 제2010-19호
주   소 서울시 도봉구 쌍문1동 423-43 백상 102호
전   화 (02) 900-4520 (대표) / 편집부 (02) 996-0041
팩   스 (02) 996-0043
전 자 우 편 kncbook@hanmail.net

ISBN 978-89-6764-095-8 93830   **정가** 15,000원